KB058895

어떻게든 나를
독차지하고 싶어 하는
6명의
SIX MAIN HEROINES
WHO ABSOLUTELY WANT
TO MONOPOLIZE ME
메인 히로인
season2.
다음으로 차는 건 너다
TOMOHA ISHIDA
이시다 토모하
일러스트
히즈키 히구레

# CHARACTER INTRODUCTION

SIX MAIN HEROINES WHO ABSOLUTELY WANT TO MONOPOLIZE ME

## 시부야 유우

**"나는 누구도 경험해 보지 못한 인생을 살고 싶어!"**

고2. 대박을 터뜨리는 걸 좋아하는 유명 유튜버.

## 칸다 레오나

**"나는 네가 바라는 인간으로서 평생을 살아갈 자신이 있어."**

고3. 온갖 연기를 경험해 온 일본 제일의 여배우.

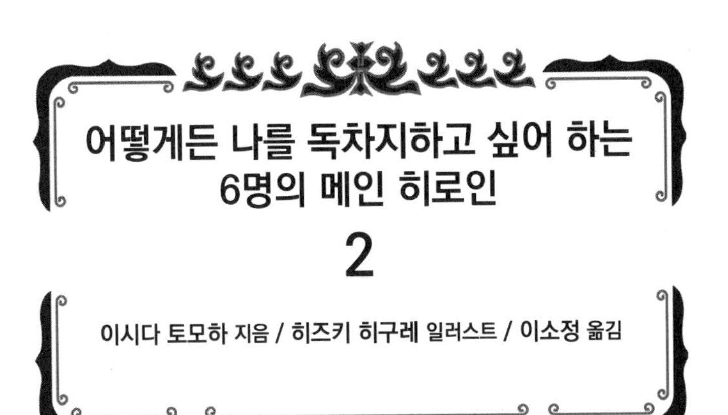

# 어떻게든 나를 독차지하고 싶어 하는 6명의 메인 히로인

# 2

이시다 토모하 지음 / 히즈키 히구레 일러스트 / 이소정 옮김

소미미디어

컬러, 본문 일러스트 | **히즈키 히구레**

SIX MAIN HEROINES WHO ABSOLUTELY
WANT TO MONOPOLIZE ME

# CONTENTS

## 프롤로그
## 이것도 나름대로 파자마 파티

“뭐야! 기껏 이런 곳까지 왔는데 여자애들 5명밖에 없으면 하나도 재미가 없잖아!”

전 정상급 아이돌 메구로 리아가 침대에 풀썩 몸을 던졌다.

외딴섬에 지어진 코티지에는 우리 인원과 딱 맞는 다섯 개의 침대가 한 방에 모여 있었고, 각각의 침대에 앉아 신부 후보 다섯 명이 딱히 이렇다 할 것 없는 대화를 나누고 있다.

이런 파자마 파티 같은 일은 드라마 촬영 때 외엔 해보지 못했기 때문에 틀림없이 ‘현실적인 판타지’일 거라고만 생각했다. 왜 옥상에 나갈 수 있는 고등학교는 거의 없는데 창작물에서는 흔히 있는, 뭐 그런 것처럼.

“무슨 소리야, 리아. 이런 기회는 쉽게 없잖아!”

유튜버 시부야 유우는 입맛을 다시더니 작은 삼각대 위에 올린 스마트폰을 방 가장자리에 있는 작은 책상 위에서 이리저리 움직이며 “음, 아슬아슬하게 다 안 잡히네……” 라며 시행착오를 반복하고 있었다. 모두가 딱 들어오는 적절한 앵글을 찾고 있는 듯했다.

확실히 보기 드문 상황이라는 생각은 들었다.

라이벌이라고 해야 할까, 연적이라고 해야 할까, 적어도 우호적일 수는 없는 상대들이다 보니 이렇게 다 같이 모이는 경우는 거의 없다. 이번처럼 반강제적으로 모이는 상황이 아니었다면 이 다섯 명이 이렇게 평범한 여고생의 화기애애한 수학여행 같은 광경을 연출할 일은 없었을 것이다.

"리이는 신이치 군이랑 같이 자고 싶어~."

위를 보고 있음에도 확실하게 굴곡을 주장하는 그 몸을 주체할 수 없다는 듯 메구로가 자기 팔을 껴안으며 유달리 요염한 목소리로 중얼거렸다.

"이해할 수 없어요. 언제부터 그렇게 마논의 오빠를 좋아하게 된 거죠?"

그러자 그런 동갑의 몸을 부럽게…… 원망스럽게 바라보면서 히라카와 신이치의 여동생인 마논이 어이없는 목소리로 지적했다. '마논의 오빠'라. 독특한 독점욕이다.

"으음, 처음부터인데?♡ 신이치 군이 외톨이인 부분도, 동정인 점도, 정말 좋아하는걸♡ 리이가 꼭 결혼하고 싶어♡"

"결혼하면 외톨이도 동정도 아니게 되는데 그 후엔 어쩔 생각인 거죠……."

"으음, 동정이 아니더라도 리이는 신이치 군을 좋아해."

갑자기 조금 진지해진 메구로의 목소리에 모두의 귀가 쫑긋 반응한다.

"신이치 군은 '타인 같은 건 이용하는 존재'라는 식으로 말하면서 냉정하게 굴지만, 사실은 타인을 잘 보고 있고 다정한 말도 잘해.”

“맞아. 그 녀석, 정말 자각 없이 하는 거라면 선천적인 카사노바일 가능성이 있지. ……응, 이 정도면 광각이라도 괜찮겠다.”

스마트폰의 위치가 겨우 정해졌는지 시부야가 그런 식으로 대꾸했다.

“……흐음.”

“뭐야, 레오나?”

내 입에서 거의 무의식적으로 새어 나온 목소리에 시부야가 발끈한 얼굴로 모처럼 힘들게 세팅한 스마트폰을 이쪽으로 향했다. 아, 이런. 아까워라.

“아니, 시부야도 어느새 히라카와를 좋아하게 되었구나 싶어서.”

“뭐? 레오나 너야말로 언제까지 그렇게 여유만 부리고 있을 생각이야? 밖에서는 여배우 칸다 레오나라는 명함만으로도 남자가 쉽게 다가왔을지도 모르지만, 여기서 넌 그냥 예쁜 여자일 뿐인데?”

“딱히 여유를 부리는 건 아니야. 아, 예쁘다고 말해줘서 고마워.”

“칭찬한 적 없어. 신한테는 그런 게 안 통한다고 말한 거야. 그 녀석은 사람의 본질을 보고 있으니까.”

“거봐, 역시. 언제부터 그렇게 좋아하게 된 거야?”

시부야를 놀리고 있는데, 내 옆 침대가 출렁거리며 흔들렸다.

"저기, 아까부터 잠자코 듣고 있었더니 다들 이제 와서 무슨 당연한 소릴 하는 거야? 신이치가 다정한 것도 타인의 모습을 잘 보고 있다는 것도 당연히 알고 있어야 하는 상식 아냐? 그 밖에도 여러 가지 좋은 점들이 얼마나 많은데? 예를 들면 초등학교 6학년 겨울에 같이 하교할 때 말이지."

도도한 얼굴로 히라카와의 좋은 점을 말하기 시작하는 시나가와. 스토커 소꿉친구는 변함없이 애정이 무겁구나.

"하지만 그럼 말이야, 사키호."

메구로가 자연스럽게 입을 쭉 내밀며 시나가와의 이야기를 가로막았다.

"아까는 왜 그런 짓을 한 거야?"

"그, 그건……."

대답하기를 주저하는 시나가와를 보고, 나는 도움을 줄지 말지 망설였다.

시즌2의 규칙이 이렇지 않았다면, 그건 시나가와의 이상에서 가장 먼 선택이었을 테니까.

## 제1장
## 다수결이 아닌 신이치 님결이네요

"그럼 시즌2의 규칙 설명을 시작하겠습니다."

"벌써어?!"

롯폰기 스카이타워 옥상 수영장.

연애 유학의 진행을 맡은 주조 쿠미 씨의 선언에 아이돌 메구로 리아가 으히익, 하고 혀를 내둘렀다.

"너무 빨라! 리아는 여름을 많이 탄다구~."

"이해할 수 없어요. 그렇다면 지금 당장 오빠에게서 떨어지면 될 텐데요. 보고만 있어도 덥고 불쾌하거든요."

내 오른팔에 감긴 리아에게 의붓동생 히라카와 마논이 어이없다는 눈으로 지적했다.

"그래, 리아. 신이치도 더운 건 싫지?"

그러자 소꿉친구 시나가와 사키호가 내 왼쪽에서 얼굴을 내밀었다.

"왼팔에 붙어있는 시나가와가 할 말은 아니라고 생각하는데 말야."

여배우 칸다 레오나가 미소를 지으며 말한다.

솔직히 덥다는 건 사실이었다.

특히 이 둘은, 콕 집어 어디라고는 말하지 않겠지만 물리적인 압박감이 강해서…….

……음?

거기서 평소에 가장 시끄럽게 굴었을 그녀가 아무런 발언을 하지 않았다는 것을 깨달았다.

그쪽으로 시선을 돌리자, 그녀는 뭔가 의아한 표정으로 이쪽을 바라보고 있다.

"유우, 무슨 일 있어?"

"아, 아무것도 아니야! ……다시 설명을 시작해 줘, 주조 씨!"

주조 씨 쪽으로 휙 고개를 돌리며 규칙 설명을 요청하는 유튜버 시부야 유우. 왜 저러는 거지?

"시즌2의 규칙은『신이치 님과 똑같이 선택하자! 인생을 좌우할 궁극의 양자택일 게임!』입니다."

"와, 주조 씨가 타이틀을 외쳤다!♡"

"이해할 수 없어요. 뭐가 그렇게 즐거운 거죠……?"

"잠깐, 자꾸 이야기가 도중에 끊기잖아…… 히라카와, 저 두 사람 입 좀 막아줘."

"말투가 좀…… 그건 그렇고 제목이 뭐 저래……."

수다를 떠는 우리들을 무시하고 주조 씨는 이야기를 진행했다.

"시즌2는 전원 데이트로 시작해 틀린 쪽이 탈락해 나가는 것을 반복합니다. 데이트에서 살아남는 방법은 '신이치 님과 같은 선택을 하는 것'입니다."

"신과 같은 선택?"

"네. 신이치 님이 선택한 선택지가 정답이 된다, 라는 거죠. 다수결이 아닌 신이치 님결이군요."

"신이치 님결……. 신이치 군 살결?"

"무슨 소리야?"

그러면서 자연스럽게 내 엉덩이 만지지 마라, 리아.

"시즌2에서 여러분은 스마트 워치를 통해 여러 번의 선택을 하게 됩니다. 이 양자택일의 선택을【운명의 선택】이라고 부릅니다."

"운명의 선택……?"

"말로만 하면 잘 모르겠어!"

"네, 그러면 실제로 보도록 하죠. 여러분, 자신의 스마트 워치 위를 보세요."

"위……?"

주조 씨가 손가락을 튕겨 딱 소리를 내자 내 스마트 워치 위 공중으로 파란색 반투명 창이 떠올랐다.

"이게 뭐야, 대박이다!"

"이세계 전생물에 나오는 상태창 화면 같네요."

모두의 앞에도 화면이 나오고 있는 것인지 유우뿐만 아니라 마논도 눈동자를 빛내고 있다. 어쩐지 근미래 기술이라는 느낌이 들어서 나도 좀 두근거린다……!

"히라카와의 공중 디스플레이 기술입니다. 화면을 봐주세요. 【운명의 선택】에서는 예시로 이런 표시가 나타납니다."

거기에는 이렇게 적혀 있었다.

===

【운명의 선택】

앞으로 가고 싶은 곳은?

A: 산

B: 바다

===

오른쪽 상단에는 시계 마크가 있고, 3분부터 시작해 1초씩 카운트다운이 시작된다.

"이거, 다른 애들한테도 다 보이는 거야? 리이는 리이 것밖에 밖에 안 보이는데……."

"네, 초지향성 화면으로 되어 있기 때문에 정면에 서 있는 사람에게만 보이게 되어 있습니다."

"초, 지향성……?"

으으음, 하고 신음한 리아가 나와 화면 사이에 얼굴을 끼웠다. 그녀의 움직이는 머리에서 은은하게 달콤한 향기가 풍겨와 살짝 몸을 피했다.

"보인다!♡ 아하, 그런 거였구나. 정면이 아니면 보이지 않는다는 거네!♡"

"잠깐 리아, 신이치한테서 좀 떨어져 줄래? 그보다 처음부터 주조 씨가 그렇다고 말했었지? 굳이 달라붙어서 볼 필요가 있었어? 시험해 볼 필요가 있었어?"

"하여간~ 사키호 시끄러워~."

"본인이 잘못한 거잖아?"

"그럼 시험 삼아 여러분, A와 B 중에 선택해 보세요."

주조 씨가 끼어들듯 발언했다.

시즌1 때는 이런 대화들을 기다려 준 것 같은데, 그러면 끝이 없다는 사실을 깨달은 모양이었다. 무표정 뒤에서 남몰래 짜증 내는 거 아닐까……?

"신이치 님도 골라주세요."

"아, 네. 죄송합니다."

어라, 나도 짜증의 대상인가……?

어쨌든 그녀의 재촉에, 공중에 뜬 창에서 『A: 산』 부분을 누르자 그 버튼의 색깔이 바뀌었다.

다들 똑같이 공중을 클릭했지만, A나 B가 화면 어디에 나올지는 랜덤인지, 화면이 들여다보이지 않는 상황에서는 어느 쪽을 선택했는지 알 수 없었다. 은행 ATM기에서 1~9까지의 숫자 자리가 매번 바뀌는 것과 똑같다.

"다들 선택을 마치셨군요. 결과는 이렇습니다."

주조 씨가 그렇게 말하자 창에 결과가 표시된다.

===

데이트 연장 진행자는 신이치 님과 마찬가지로『A: 산』을 선택한

시나가와 사키호 님

시부야 유우 님

메구로 리아 님

세 분입니다.

===

“알겠다, 신과 같은 걸 선택하면 데이트를 계속할 수 있다는 거네!”

유우가 이해했다는 얼굴로 미소 짓자, 칸다가 손을 들었다.

“이 경우 히라카와랑 다른 걸 선택한 저와 마논은 어떻게 되는 거죠?”

“두 분은 신이치 님의 반경 10m 이내로 접근하실 수 없게 됩니다. 만약 10m 안에 들어간다면 신이치 님의 스마트 워치가 경보음을 울리고 탈락하신 신부 후보――지금의 경우 칸다 님과 마논 님의 스마트 워치에 전기 충격이 발생합니다.”

“전기 충격?!”

나를 포함한 6명의 목소리가 겹쳤다.

"저주파 마사지기 최대 출력 정도의 전류이므로 건강을 크게 해치는 것은 아니지만, 벌칙 수준으로는 아프기 때문에 되도록 피하시는 편이 좋을 겁니다."

"모처럼 고기능으로 만든 스마트 워치에 유튜버 같은 기능을 달아놨네? 기술 낭비 아니야?"

"잠깐 리아, 너 지금 유튜버 무시한 거지?"

"아니이~?♡"

리아와 유우 사이에 불꽃이 튀었다. 아이돌 대 유튜버라는 구도는 역시 존재하는 걸까……? 그보다 리아, 사방팔방에 시비 걸지 말아줘.

"질문입니다."

마논이 손을 들었다.

"지금 선택이 실전이었다면 레오나 씨와 마논은 시즌2에서 영구히 추방되는 건가요?"

"아니요. 기간 내라면 몇 번이고 리셋――즉 부활할 수 있습니다."

"그런 거구나, 다행이다."

칸다가 안도하며 가슴을 쓸어내렸다.

"부활은 어느 타이밍에 할 수 있는 거죠?"

"【운명의 선택】을 반복해 나가면 사람이 줄어들고, 1on1 데이트가 된 후에도 【운명의 선택】은 찾아옵니다. 거기서 신이치 님과 남은 한 분의 의견이 갈렸을 경우 다시 전원 참여로 새로이 진행됩니다."

"그렇구나."

기간 중 몇 번이고 그것을 반복한다는 것이었다.

"그리고 이것이 마지막 규칙입니다."

주조 씨는 검지를 하늘로 치켜들었다.

"【운명의 선택】은 조금 전처럼 운영 측에서 내보내는 경우와 신이치 님이 내보내는 경우 두 가지가 있습니다."

"제가 내보낼 수도 있나요?"

"네. 질문 내용과 선택지를 전부 다 결정하셔도 괜찮고, 질문 내용만 정하시고 선택지는 운영 AI에게 맡기시는 것도 가능합니다. 발송 타이밍만 정하시고 내용은 모두 AI에게 맡길 수도 있습니다. 그럼 좋은 기회이니 최초의 【운명의 선택】을 신이치 님께서 직접 발송해 보시겠습니까?"

"엑, 벌써 실전이야아?!"

"네. 신이치 님, 부탁드립니다."

그녀의 재촉에 스마트 워치를 조작하자 지금까지 없었던 『【운명의 선택】 발송』이라는 버튼이 표시되어 있었다. 우선은 『질문과 선택지 모두 맡긴다』를 눌러보았다.

===

【운명의 선택】

무인도까지 어떻게 가시겠습니까?

A: 헬리콥터

B: 여객선

===

이렇게 표시되었다.

동시에 띠링♪ 하고 신부 후보 5명의 스마트 워치가 소리를 냈다. 이들에게도 같은 질문과 선택지가 표시된 듯했다.

이번 제한 시간은 15분.

"시간 안에 여러분 모두가 몇 번이든 선택지를 변경하실 수 있습니다. 물론 신이치 님도요."

"그렇군요. 그럼……."

내가 한쪽을 고르는 것을 바라보고 몇 초간 정적이 흘렀다.

그 후 그녀들은 각자 움직이기 시작했다.

## 제2장
## Round1: 선상은 선정적인 전쟁터가 되고

"역시 갑판은 바람이 많이 부네."

칸다가 머리를 귀에 걸면서도 기분 좋다는 듯 눈을 가늘게 떴다.

"이해할 수 없어요. 그럼 왜 일부러 객실 밖으로 나온 거예요?"

마논이 질문했다.

"그야 당연히 고래라든가 돌고래라든가, 잘하면 신종 물고기를 포착하고 싶기 때문이지! 레오나도 뭘 좀 아는데?"

유우가 눈동자를 반짝이며 대화에 끼어들었다.

"아하하, 그런 것도 볼 수 있으면 좋긴 하겠지만 말이야. 나는 단순히 히라카와 근처에 있고 싶었을 뿐이야."

"그럼, 알고 있는 건 오히려 신 쪽인가?"

"나는 뱃멀미를 하기 싫어서 나온 것뿐인데."

……그보다 사람 놀라게 좀 하지 말아줘, 칸다.

짐작했다시피 내가 선택한 것은 『B: 여객선』이었다.

나와 마찬가지로 여객선을 선택한 것은 여배우 칸다 레오나, 의붓동생 히라카와 마논, 유튜버 시부야 유우 3명. 지금은 근처에 없는 것 같지만 주조 씨도 같은 배를 타고 있었다.

"그건 그렇고 리아는 커닝하고도 실격이라니, 최고로 한심했어."

"아하하, 메구로답다면 메구로다웠지만."

칸다가 웃는다. 그 미소는 왠지 모르게 부러워하는 것처럼 보이기도 했다.

내가 최초의【운명의 선택】을 발송했을 때, 나의 팔에 달라붙어 있던 리아는, 내가 선택할 때 내 어깨에 턱을 얹고 화면을 빤히 들여다보고 있었다.

당연히 그것 자체는 나도 알고 있었지만 (팔에 닿고 있던 감촉이 등으로 이동했기 때문에) 커닝이 어떻게 처리될지도 궁금했기에 내버려 두었다.

그 결과 커닝을 한 페널티로 리아는 자신의 선택과 무관하게 내 선택과는 다른 선택지——이번으로 말하자면『A: 헬리콥터』를 선택하게 된 것이다.

"덕분에 커닝하면 실격된다는 걸 알았으니 다행이네요."

"아하하, 남매가 둘 다 만만치 않네."

"난 아무 말도 안 했는데?"

"모르는 척하긴. 메구로를 일부러 피험자로 만들었으면서."

마음을 꿰뚫어 보는 듯한 눈빛으로 미소 짓는 칸다. 여전히 바닥을 알 수 없네, 이 사람은…….

"그러고 보니 사키호 씨는 커닝은 하지 않았네요? 똑같이 오빠 팔에 붙어 있었는데도요."
"사키호는 칸다가 무슨 의논할 게 있다고 하면서 데리고 갔었지?"
"아, 그거?"
칸다가 좀 민망한 표정을 지었다.
"아직 처음이니까 다 같이 같은 선택지를 고르면 어떨까, 하고 제안했거든. 그러면 전원이 오답이든 정답이든 어쨌든 다 함께 행동할 수 있잖아? 진짜 승부는 규칙이나 행동을 좀 더 이해한 뒤에 하는 게 좋지 않을까 해서."
"이해할 수 없어요. 마논은 그런 제안을 받지 못했는데요?"
"맨 처음 말을 건 시나가와에게 거절당했으니까. 다른 사람에게 말할 의미도 없어진 거지."
"왜 모두의 앞에서 말하지 않았어? 한 명 한 명에게 다 얘기하려면 고생이었을 텐데."
유우가 얼굴을 찌푸리며 고개를 갸우뚱했다.
"그야 모두의 앞에서 말하면 다들 침묵했을 거잖아?"
"……뭐, 그럴지도 모르겠네요."
확실히 그 장면을 상상해 보자 '어떻게 대답해야 하지?'라며 서로 눈치를 보느라 교착 상태에 빠졌을 것 같다.
"뭐, 어차피 나도 찬성하지 않았을 거라 생각하니까 뭐든 상관없지만 말이야! 그건 그렇고 사키호가 제외된 건 의외라고 하면 의외였지. 뭐라더라? '그런 건 당연히 알고 있는'…… 모르는?"

"'당연히 알고 있어야 하는 상식 아냐?'를 말하는 거야?"

"우와, 목소리 완전 똑같았어……! 굉장하다, 레오나!"

솔직하게 칭찬하는 유우. 좋은 녀석이다.

"목소리 흉내는 자신 있거든. 시부야 목소리도 할 수 있어. '나는 최고의 넘버원이 아니면 만족할 수 없어!'…… 어때?"

"내 목소리는 그렇지 않은데?"

"본인에게 들리는 목소리와 다른 사람에게 들리는 목소리는 달라요, 유우 씨. 그보다 너무 똑같은 거 아닌가요?"

마논이 약간 소름 돋는다는 투로 그렇게 말했다. 나도 똑같다고 생각했다.

"흐음? 아무튼 지금은 사키호 얘기로 돌아와서! 당연하다느니 상식이라느니 하는 말에 비해 신이 선택한 걸 맞추지 못했잖아."

"아니, 시나가와는 히라카와에 대해 너무 많이 알고 있어서 그런 걸 거야, 분명."

"무슨 의미야?"

"히라카와의 성격이라면 애초에 헬리콥터를 선택하지 않았을까. 안 그래?"

나에게 물음을 돌리는 칸다. 순순히 고개를 끄덕이는 것도 어쩐지 내키지 않아 다시 물음을 되돌렸다.

"그렇게 생각한다면 그럼 칸다는 왜 여객선을 선택했어?"
"물론 히라카와가 이쪽을 선택할 거라고 생각했기 때문이지. 히라카와는 효율 우선주의니까."
칸다가 미소를 지은 채 설명했다.
"효율? 그렇다면 헬기가 낫지 않아?"
고른 건 여객선이잖아, 하며 유우가 고개를 갸우뚱했다.
"그래, 그래서 시나가와가 헬기를 선택할 걸 예상할 수 있었고."
"그래서 뭐가 어떻다는 거야? 빙빙 돌려 말하지 말고 정확히 말해줘."
유우가 불쾌감을 내비쳤다.
"아하하, 미안. 헬기는 이동 수단으로선 효율이 높지만, 이번 목적에는 맞지 않았다는 얘기야. 헬기는 기내가 시끄럽지 않겠어? 대화하는 것도 힘들 거고, 애초에 자유롭게 서 있거나 앉아 있을 수도 없어."
"뭐, 그렇지."
"그렇다면 헬기를 타고 있는 시간은 말 그대로 평범한 이동 시간이 돼 버려. 하지만 여객선이라면 이동 시간도 우리를 심사하는 시간에 쓸 수 있어. 그러니까 이번에는 여객선이 더 효율적이라는 거야. 맞지? 히라카와."
"……뭐, 그렇지."
심사라고 하니 어딘가 고압적인 이미지가 느껴졌지만

뭐, 그녀들의 처지에서 보면 그런 거겠지.

"호오, 그 짧은 시간에 거기까지 생각하다니! 마논도?"

유우는 단숨에 돌변하여 감탄과 놀라움이 섞인 표정을 지어 보였다.

"네, 물론이죠. ……그보다 이해할 수 없어요. 그것도 몰랐으면서 왜 유우 씨는 여객선을 선택한 거죠?"

"나?"

기세등등한 미소를 지은 유우가 말을 이었다.

"난 단순히 내가 재미있을 것 같다고 생각한 쪽을 선택했을 뿐이야! 신이 어느 쪽을 선택할지는 몰랐고. 뭐, 신이 나와 다른 선택을 했다면 딱 거기까지의 남자라는 뜻이지!"

"이해할 수 없어요. 유우 씨는 이기고 싶지 않은 건가요?"

"당연히 나도 이기고 싶지. 하지만 신이 본인의 생각을 굽히면서까지 신에게 아첨하는 사람을 선택할 만한 인간일까?"

"그건……."

"뭐, 일리 있는 말이네."

입을 다물어버린 마논을 거들듯 칸다가 한마디를 덧붙였다.

그건 그렇고.

의식하고 있는지 어떤지는 모르겠지만 유우의 이런, 어

떻게 보면 오만하다고도 볼 수 있는 행동은 알고 보면 무척 교묘했다.

얼마 전 디아슬리 랜드에서의 '그래서 내 첫사랑 후보로 신을 선택했어! 어때? 영광이지?'라는 발언에서도 알 수 있듯이 어디까지나 나와 입장이 대등하다는 것을 자연스럽게 내세우고 있다.

게다가 아까 했던 '하지만 신이 본인의 생각을 굽히면서까지 신에게 아첨하는 사람을 선택할 만한 인간일까?'라는 질문 역시 내가 여기서 유우를 떨어뜨린다면 정말 '딱 그 정도의 남자'라고 주위에 인식시키는 효과마저 있었다.

페이스를 빼앗기지 않도록 조심해야겠어……. 그런 생각을 하고 있을 때였다.

"그건 그렇고, 신."

"응?"

"……음."

유우가 이쪽을 향해 두 팔을 벌려왔다. 마치 포옹을 요청하듯이.

"……뭐야?"

"'뭐야?'가 아니지. 포옹 말이야, 포옹. 안아줘."

진짜 포옹을 원하는 거였다니.

잠깐, 이게 아니지.

"갑자기 왜?"

"갑자기라니 뭐야. 포옹하는데 사전 신청 같은 게 필요해? 하고 싶을 때 하면 안 되는 거야?"

"하고 싶을 때 한다니……."

"아하하. 아무리 그래도 너무 성급하잖아, 시부야."

당장 페이스가 흐트러질 것 같아 당황하는 나와 눈살을 찌푸리면서도 팔을 벌리고 있는 유우 사이에 칸다가 틈을 가르고 파고들었다.

"그런 건 이대로 이겨서 단둘이 남았을 때 해야 하는 거 아닐까?"

"그런 규칙은 없지 않아? 실제로 리아도 사키호도 원할 때 자기 마음대로 신을 끌어안고 있잖아. 레오나에게 지시받을 이유는 없어."

"그건 그럴지도 모르지만……."

혀를 쏙 내미는 유우. 여유로운 미소는 잃지 않았지만, 칸다는 평소보다 조금 곤란한 듯한 초조한 표정을 지어 보였다.

내가 아무런 대응도 하지 못하고 있자,

"정말 답답하긴."

그렇게 말한 유우가 직접 나서서 나를 껴안았다.

"유, 유우……."

"흠, 흠. 그렇구나."

그녀는 애교를 부린다기보단 반대로 무슨 검품 작업이

라도 하는 사람처럼 등을 어루만지거나 어깨를 툭툭 쳐보기도 하고 가슴에 뺨을 대보거나 한다.

대략적인 검품 작업이 끝나자, 내 등에 손을 두른 채 이쪽을 올려다보며 웃는다.

"나쁘지 않아!"

"뭐어?"

"그럼 다음엔 뭘 할까."

뭐가 어떻게 되고 있는지는 모르겠지만, 어쨌든 이대로는 주도권을 잡을 수 없었다.

"유우, 잠깐 그대로 있어."

나는 그녀의 양팔을 꽉 조인 채 내 스마트 워치를 내 눈앞에 가져갔다.

"히앗……?!"

결과적으로 유우를 꽉 껴안는 형태가 되고 말아 그 어느 때보다도 사랑스러운 유우의 목소리가 가까이서 들려왔다.

"잠깐만, 신? 내…… 내가 끌어안아서 발정이라도 난 거야? 리아나 사키호 때는 그런 적 없었잖아?"

귓가에서 우물쭈물 들리는 말을 무시하고 나는 조작을 이어갔다.

"무, 물론 신도 혈기왕성한 나이니까 어쩔 수 없을지도 모르지만…… 그래도 이 뒤부턴 아무리 나라도 단둘이 있을 때 하는 게……."

유우의 혼잣말을 가로막기라도 하듯 띠링♪ 하는 소리가 났다.

"혱?"

"오, 실전이 시작됐다는 느낌이네."

"유우 씨, 오빠가 끌어안아주는 거라고 생각했나요?"

유우의 괴상한 목소리, 칸다의 여유 넘치는 목소리, 내 손 움직임을 보고 있던 마논의 (기분 탓인진 몰라도) 이겼다는 듯한 목소리가 겹쳤다.

거기에 표시된【운명의 선택】은 이것이었다.

===

【운명의 선택】

앞으로 뭘 하면서 보낼까?

A: 선내 카지노

B: 스노클

===

"아아, 이걸 조작하고 있었던 거구나……."

어이없는 눈으로 이쪽을 바라보는 유우. 일단 기세를 줄이는 것엔 성공한 것 같다.

아직도 유우가 아까 했던 포옹의 의미는 알 수 없었지만, 그건 다른 곳에서 알아보도록 하자.

"뭐, 그러면 대답 먼저 해볼까. 흐음, 그렇구나."
"이건 어렵지 않네."
마논을 포함한 세 사람은 시간을 다 기다리지 않고 선택을 마쳤다.

===
데이트 연장 진행자는 신이치 님과 마찬가지로『A: 선내 카지노』를 선택한
칸다 레오나 님
시부야 유우 님
히라카와 마논 님
세 분입니다.
===

즉, 전원이 남는 결과가 되었다.
"이해할 수 없어요. 대화를 중시하고자 배를 탄 오빠가 스노클을 선택할 리가 없잖아요. 이 질문으로는 인원수를 좁힐 수 없어요."
"음, 그건 그렇지."
하지만 이건 내가 좀 더 확실하게 사람을 좁히기 위한 포석이었다.
띠링♪ 하고 또다시 스마트 워치가 울리며 다음 질문이

떴다.

===
【운명의 선택】
3명 중 게임에서 이긴 사람이 신이치와 단둘이 지낸다?
A: YES
B: NO
===

"이건……."
이런 질문을 한 데엔 두 가지 이유가 있다.
첫 번째는 이런 질문이 가능한지 확인하기 위함이다.
시즌2는 기본적으로 나와 같은 선택지를 선택하지 않을 경우 탈락하게 된다. 그렇다면 이런 서브 규칙 같은 질문을 입력했을 때 그것은 질문으로 통과되는가? 하는 것.
이에 대해서는 결과적으로 발송이 되었으니 이 정도 레벨까지는 허용 범위라고 할 수 있겠지.
두 번째는 시즌2를 통틀어 나의 의사결정 원리와 관련되어 있었다.
최대한 많은 사람과 넓고 얕게 소통하고 싶었던 시즌1과 달리 시즌2에서는 이들에 대해 더 깊이 알고 싶었다.
그러기 위해서는 되도록 각각의 사람들과 단둘이 지내

는 시간을 가져야 했다.

하지만 규칙상 내 의사 하나만으로 한 명으로 좁히는 건 어려울 것 같았다.

그렇다면 단둘이 남을 가능성이 높은 선택지를 제시할 수밖에 없다.

세 사람은 다시 제한 시간을 기다리지 않고 선택을 마쳤다.

"애초에 다른 걸 뽑으면 승부에도 참여할 수 없잖아?"

칸다의 지당한 의견에 따라,

===

데이트 연장 신행자는 신이치 님과 마찬가지로 『A: YES』를 선택한

칸다 레오나 님

시부야 유우 님

히라카와 마논 님

세 분입니다.

===

세 사람 다 A를 골랐다.

선내에는 카지노 시설이 있었다.

일반 영업 때였다면 도박이 한창 이뤄지고 있었을 것이다.

“여러분은 미성년이고 애초에 선상에서는 일본의 법률이 적용되기 때문에 이번에는 어뮤즈 카지노로.”

셔츠 위에 검은 조끼를 입고 딜러 복장을 갖춘 주조 씨가 카드를 셔플하면서 그런 말을 했다.

“어뮤즈 카지노? 그게 뭐야?”

“돈이 아니라 메달을 화폐로 삼아 노는 겁니다. 이 메달은 재환금할 수 없습니다. 말하자면 오락실 메달 게임과 같은 개념이죠.”

“그래? 방식 자체가 바뀌는 게 아니라면 전혀 상관없어. 게다가 이번에 우린 그것보다 더 큰 걸 걸고 있으니까! 그렇지?”

나를 보고 씨익 미소 짓는 유우. 그 미소에 조금 놀라긴 했지만 애써 무표정을 유지하며 숨겼다. 포커페이스, 포커페이스.

“그럼 텍사스 홀덤 포커 승부로 하겠습니다.”

몇 시간 후.

“와, 처음 해본 건데 이렇게 이기다니. 초심자의 행운 같은 건가?”

칸다가 멍한 얼굴로 그렇게 말했다.

결과는 나와 칸다의 동시 1위였다.

우선 유우는 손에 든 패의 좋고 나쁨이 표정에 너무 잘

드러났고 쓸데없는 오기까지 부린 탓에 베팅했다가 지는 걸 반복하며 계속해서 칩을 잃어갔다.

도중에 "왜 이렇게 안 모이는 거야!"라며 페인트 같은 소리를 내질렀지만, 아니나 다를까 정말 모든 패가 약해서 그때까지 건 팁을 고스란히 빼앗기고 말았다.

한편 마논은 무표정을 관철한 채 확률과 기대치를 바탕으로 판단해 매번 적절한 선택을 이어갔다. 하지만 그 판단이 너무나도 적절한 나머지 수를 읽을 수 있었다. 유우나 칸다가 거기까지는 파악하지 못한 덕분에 내가 확실하게 앞질러서 끝낼 수 있었다.

그리고 역시 여배우는 무섭다는 것을 다시 한번 일깨워 준 것이 바로 칸다의 플레이였다. 그녀는 자신이 든 패가 무엇이든 거의 모두 심리전으로 끌고 갔다.

즉 매 순간 포커페이스와는 정반대——표정을 과장되게 바꿔서 그것이 사실인지 거짓인지 헷갈리게 만드는 전략을 사용했다. 그것도 사실과 거짓말을 꽤 절묘한 방식으로 섞어낸 덕분에 게임이 진행되면 될수록 규칙성을 알 수 없게 되었고, 결국 전혀 읽을 수 없는 상태가 되고 말았다.

"이젠 칸다의 표정도 믿을 수 없을 것 같아……."

"아하하, 꽤 아픈데?"

내 중얼거림에 웃어 보인 그녀가 윙크하며 이런 말을 덧붙였다.

"나도 마침 뭐가 진실인지 알 수 없게 된 참이야."

카지노를 마치고 저녁을 먹은 나와 칸다는 둘이 다시 갑판으로 올라왔다.

참고로 저녁 식사 때 운영 측에서 내보낸【운명의 선택】에서는『고기 요리와 생선 요리 중 어느 쪽을 먹을 것인가』라는 질문이 나왔는데, 둘 다 고기 요리를 선택해 무사히, 이렇게 아직 둘이 함께 있을 수 있었다.

"와, 별이 예쁘다……!"

칸다가 감탄을 내뱉었다.

갑판을 비추는 조명은 최소한으로 줄어 있었고, 올려다보니 시야를 꽉 채운 별이 밤하늘 위에 펼쳐져 있었다.

"칸다도 그런 생각을 하는구나."

"아하하. 연기로 보여?"

"안 보이진 않아."

"정말, 너무하네."

칸다는 한쪽 뺨을 부풀려 보인다. 굳이 보란 듯이, 일부러.

"……난 항성을 정말 좋아해. 예쁘잖아."

"호오. ……항성? '별이 좋아'가 아니라?"

"응, 항성."

칸다가 미소를 지으며 기지개를 켰다.

"나는 어렸을 때부터 주위 어른들에게 '레오나는 반드시 스타가 될 거다'라는 말을 들으며 자랐어."

"그야 그렇겠지."

발 빠른 아이라면 '장래에 육상선수가 되겠네'라는 말을 들을 것이고, 피아노를 잘 치는 아이라면 '장래에 피아니스트가 되겠네'라는 말을 들을 것이다.

하물며 천재 아역 여배우로 이름을 날린 칸다 레오나라면 더더욱 그랬겠지.

"하지만 언제나 내 매니저를 자청하셨던 엄마는 촬영장에서 그런 말을 듣고 돌아오는 길이면 매번 꼭 이렇게 말씀하셨어. '레오나, 넌 꼭 달이 되렴'."

"달……?"

"'스타란 말 그대로 별의 수만큼 있어. 하지만 달은 단 하나밖에 없지. 크기도 유명세도 다른 별들과는 다른 점이 많지 않니? 너라면, 그런 유일무이한 달에 반드시 될 수 있단다'라고."

분명 칸다의 어머니와 똑 닮았을 말투로 내뱉어진 그 대사는 묘하게 납득이 갔다.

"그리고 나는 달이 되었어."

그녀의 그 말투는 교만하지도 않았고, 하물며 기쁨이 느껴지지도 않았다.

그래서 나는 '목표를 달성했네, 대단하다'라고 말할 수 없었다. 그리고 그것은 분명 옳은 판단이었다. 칸다는 이어서 이런 말을 꺼냈으니까.

"……빛을 비춰주지 않으면 그곳에 있다는 것조차 알 수 없는 행성이 된 거야."

"행성……? 칸다가 행성이라면 항성이란 어떤 사람을 말하는 건데?"

"별의 수만큼 있는 사람들."

칸다는 나의 의문을 아주 간단하게 받아쳤다.

"내가 다니는 여고에도 반짝반짝 빛나는 아이들이 많아. 동아리 활동을 열심히 한다든가, 다른 학교의 누구누구를 좋아한다든가……. 신부 후보들도 눈부시게 반짝거리며 빛나지. 다들 스스로 빛나고 있잖아?"

"그야 그럴지도 모르지만."

유우나 리아 같은 애들이 특히 두드러지는 것 같다.

"그 두 사람뿐만이 아니야."

"나는 아무 말도 안 했는데?"

이 어둠 속에서까지 남의 마음 읽지 마라.

"아하하."

칸다는 내 속을 꿰뚫어 본 듯 웃었다.

"물론 나도 이 유학에는 모든 걸 걸었지. 엄청 유명한 원작을 가진 영화 섭외도 거절하고 왔으니까."

"어, 진짜?"

“응, 진짜. 엄청 잘 나가는 만화의 영화화였어. 어린 시절 이후 재회한 잘생긴 소꿉친구를 짝사랑하는 여고생 역이래.”

“그렇구나…… 하긴, 그렇겠지.”

처음엔 반사적으로 놀랐지만, 조금 생각해 보면 권유의 손길이 많았을 칸다 레오나가 단 하나의 일도 거절하지 않은 채 여기 있다고 생각하는 것이 더 부자연스러웠다.

“요즘은 계속 그런 역할들뿐이야. 뭐, 이 나이 또래만 섭외할 수 있는 역할이니까.”

“그럼 거절하길 잘한 거야?”

“응. 이 유학은 놓치면 두 번 다시 안 오잖아?”

“그야 뭐, 그렇긴 하지만…….”

우리 어머니 외에 이런 연애 유학 같은 대규모 몰래카메라 같은 짓을 하는 사람이 또 있을 것 같지는 않았다.

“그리고 말했잖아. 행성인 나는 그런 걸 잘 몰라. 사랑이라든가, 짝사랑이라든가 하는 그런 것들.”

그녀는 아련하게 중얼거리고는,

“히라카와가 알려줄래?”

갑자기 휙 목소리 톤을 바꿔 장난스러운 표정으로 나를 바라본다.

“히라카와는 오사키를 좋아했었지? 어떤 느낌이었어?”

“……너 정말.”

그보다 나한테 배운다는 게 그런 의미였냐고.

내가 상상했던 의미는 그보다 훨씬 더 민망한 것이었기에, 쓸데없는 말을 하지 않아 다행이라고 생각하며 쓰디쓴 입을 그대로 다물었다.

"오, 오늘 밤은 새벽달인가 보네."

칸다는 난간에 등을 기대고 다시 밤하늘로 눈을 돌렸다.

"음? 달 같은 건 안 보이는데? 신월을 잘못 말한 거 아냐?"

"말했잖아, 새벽달이라고. 지금은 안 보이지만 얇은 달이 새벽에 잠깐 보일 거야. 진짜 신월은 내일이고 말이지. 분명 별이 잘 보이겠지? 별로 가득 찬 무인도의 밤하늘은 예쁘니까 말이야."

"……달을 자주 보나 보네."

"응, 나 자신 정도는 잘 봐둬야지."

그리고 흐르지 않는 눈물을 대신하듯, 한 방울의 어둠이 입에서 흘러나왔다.

"나는 더 이상 항성이 될 수 없으니까."

"칸다……."

"농담. 아하하, 연기가 너무 지나쳤나?"

칸다는 말을 얼버무렸다.

"있지, 그보다 히라카와."

그러고는 밝은 말투로 화제를 돌린다.

"사인을 정해두자."

"사인?"

"그래. 둘 중 어느 쪽을 선택할지, 하는 신호. 음, 예를 들면……."

칸다는 잠시 생각하는가 싶더니,

"A를 선택하길 원한다면 오른손으로 코를 만지고, B를 선택하길 원한다면 왼손으로 귀를 만지는 거야."

동작을 섞어가며 알려주었다.

"나를 남기고 싶다는 생각이 들었을 때 히라카와가 둘 중 하나의 사인을 해 주면 나는 그쪽을 선택할 거라는 얘기지."

"칸다를 남기고 싶을 때가 있을까?"

"아하하, 말이 너무 심한 거 아냐? 섬세함이라곤 없네, 히라카와는."

"아니, 그야 이번에 칸다와 대화를 많이 나눴으니까."

한밤중에는 【운명의 선택】을 발송할 수 없으니, 이후에도 별일이 없다면 아침까지 칸다와 함께 보내게 될 것이었다.

"하지만 히라카와, 시즌1부터 연속적인 선택을 강요받아서 피곤하지 않아?"

그렇게 말한 칸다는 내 뺨에 살짝 두 손가락을 갖다 대었다.

"나랑 같이 있는 동안은 그런 건 잊어도 돼. 히라카와가 피곤할 때나, 뭔가 의논하고 싶을 때 나를 남겨줘.”

“칸다에겐 어떤 이점이 있는데?”

“나는 히라카와 있을 수 있는 시간이 늘어나지. 그 정도도 몰라?”

“아니, 그…….”

갑자기 심장 두근거리는 소리를 들어버려 순간 멈칫했지만, 나는 어떻게든 말을 받아쳤다.

“그렇다고 해도 너무 내 위주의 조건 아냐?”

“뭐, 그렇긴 하네. 하지만.”

그녀가 완벽한 사춘기 여고생다운 미소를 지어 보였다.

“비밀 사인은 어쩐지 연인 같아서 동경했거든.”

별빛에 비친 그녀의 모습은 무척이나 덧없고 아름다웠다.

## 제2장(뒷막)
## 괴물 vs 소악마

"신이치 군, 언제 오는 거야……."

리이가 한숨과 함께 혼잣말을 내뱉자 부글부글, 하고 욕조의 물이 거품을 일으켰다.

헬리콥터를 타고 온 탓에 무인도에 일찍 도착한 리이와 사키호는 다른 일행이 올 때까지 단둘이 지내게 되었다.

무인도라고 하기에 어떤 서바이벌 게임 같은 걸 하지 않을까 생각했는데, 북쪽에는 코티지도 있고, 주조 씨가 아닌 운영 측 직원들이 다른 코티지에서 식사도 매번 가져다 줘서 환경은 무척이나 지내기 편했다.

여형도(呂形島)라는 이름의 이 섬은 헬리콥터에서 보면 정말 여(呂)자 그 자체였다. 두 개의 육지가 연결된 채 떠 있는 섬 같았다.

리이와 사키호가 지금 있는 이곳은 북쪽에 있는 북섬. 말 그대로 섬이다.

그건 그렇고.

"……사키호랑은 할 말이 없네."

여자애랑 둘이 '잠깐' 즐겁게 대화하는 것 자체는 문제가 없었다.

아이돌 현장에서는 멤버들끼리는 당연하고 소속사 계열의 다른 아이돌 그룹이나 여배우 등과 섞여 대화하게 되는 경우도 많다.

카메라 앞에서 할 때는 대본도 있으니까 평범하게 얘기할 수 있고 그 전에 대기실에서도 대화를 나누긴 한다.

하지만 그것은 어디까지나 잠깐에 한정된 이야기.

계속 아이돌을 해왔던 리이는 여동생인 아야메 이외의 누군가와 단둘이 함께 지내본 경험이 없었다. 투어로 지방에 갔을 때도 호텔은 기본적으로 각자 개인실을 썼으니까.

그러다 보니 누군가와 단둘이 있는 상황은 좀 어려웠다.

게다가 리이네가 도착했을 때는 맑았는데 섬 날씨는 변덕스러운 것인지 지금은 밖에 비가 쏟아져서 혼자 산책도 할 수 없다. 어휴.

그래서 이렇게 욕실로 도망쳐서 오랜 시간 목욕을 하는 것인데, 심심하다는 것을 부정할 수 없었다.

으음, 이렇게 된 거 시즌2의 작전이라도 생각해 볼까?

맨 처음 스미레가 탈락한 것은 의외였다.

스미레가 미련이 넘쳐흐른다는 건 보자마자 알았지만, 신이치도 스미레한테 미련이 있는 것처럼 보였기 때문이었다. 게다가 솔직히 말해 외모도 스미레가 제일 타입이었던 것 같았고. 얼굴 엄청 예뻤지, 스미레. 6명 중에서 놓고 보면 리이 다음 정도일까?

하지만 스미레가 떨어진 이유를 리이는 알고 있었다.

그건 스미레가 신이치를 위해서만 사는 사람이었으니까.

『아이러니하지. 마음이 강할수록 히라카와 군에게는 족쇄가 되어 버리고 말아. 어떻게 하면 좋을지 아직도 모르겠어.』

뭔가 알 수 있지 않을까 하는 마음에 스미레의 짐 정리를 도우러 갔을 때, 눈시울을 붉힌 스미레는 깜짝 놀랄 정도로 솔직하게 모든 걸 알려주었다.

아마도 아무에게도 말할 수 없고 이해받을 수도 없는 고민을, 적어도 상황을 알고 있는 누군가──즉 신부 후보 중 누군가가 들어주길 바랐던 게 아닐지 생각한다. 그런 마음은 어느 정도 이해가 간다.

리이도 만약 아이돌 활동에 관한 푸념을 한다면 가족 상대보다 다른 그룹의 멤버라든가, 뭐 그런 애랑 하는 편이 더 좋으니까. 애초에 리이는 그런 이야기는 누구에게도 한 적 없지만. 누구한테 누설될지 모르잖아.

본론으로 돌아와서.

스미레의 추측이 올바르다면 '좋아해 작전'은 역효과인 걸까? 하지만 본인에게 관심도 없는 사람을 선택한다고? 음, 리이는 어떻게 해야 하지?

부글부글 거품을 내면서 생각하고 있는데 심장의 BPM

이 올라갔다.

"……이대로 있으면 몸이 퉁퉁 불겠다."

모처럼 엄마에게 물려받은 소중한 본바탕을 소홀히 하면 안 되지. 리이는 결심을 굳히고 몸을 일으켰다.

"사키호, 욕실 써도 돼…… 아니, 으에엑?!"

몸을 닦고 욕실을 나오자, 사키호가 침대 위에 몸을 웅크리고 "하아…… 하아……!" 하고 괴로운 듯이 숨을 몰아쉬고 있었다.

"사키호, 괜찮아?!"

그녀에게 달려가자, 사키호가 촉촉이 젖은 눈동자로 리이를 바라보며 리이의 잠옷을 꽉 잡는다.

"신, 이치……!"

……어?

말도 안 돼. 설마 리이가 목욕하는 동안……?

"신이치 성분이 부족해……!"

"……엥?"

리이는 사키호의 입가에 귀를 가져갔다.

"리아, 난 신이치가 시야에 없는 상태로 18시간 이상 보내면 이렇게 돼……."

"으엑……."

금단 증상이잖아…… 완전 무서워, 사키호…….

"그럼, 리이네가 디아슬리에 갔을 때나 스미레랑 데이트

하러 갔을 땐 어떻게 지냈어……?"

"그때는 신이치의 방에 숨어들어서 신이치의 침대 이불에 감싸여 신이치를 느꼈으니까……."

"그, 그렇구나아……."

정말로 상태가 안 좋아 보여서 심각한 상황일지도 모르지만, 이유가 좀 이상해서 리이가 예능 프로그램에서 단련한 애드리브 능력도 소용이 없었고 퀴즈 프로그램에서 단련한 추리력으로도 정답을 알 수 없었다.

"사진 같은 건 안 돼?"

"스마트폰, 잊어버렸어……."

"아아……."

그 마음은 좀 알 것 같다.

이 유학에 오기 전까지는 스마트폰을 어딘가에서 잊어버린다는 일은 상상할 수 없었지만, SIM이 들어 있지 않은 스마트폰은 그저 평범한 카메라일 뿐이다. 유우처럼 유튜버를 하는 게 아닌 이상 몸에서 떼지 않고 갖고 있을 필요는 없었다.

"평소에는 프린트한 투샷 사진을 갖고 있었거든. 하지만 나스 데이트 때 메모지로 써서 신이치에게 줘 버려서……. 아아, 신이치를 느낄 만한 걸……."

"어째서 그런 소중한 걸 메모지로 써 버린 거야……?"

나스 데이트 때 대체 무슨 일이 있었길래……?

……아, 그러고 보니.
그때 리이의 머리 위에서 반짝하고 전구가 빛났다!
"……리이, 신이치 군 사진 갖고 있는데~?♡"
"사, 사진……?! 보여줘, 리아……!"
사키호가 눈에 핏발을 세운 채 달라붙었다. 뭐야, 좀비 같아♡
"……하지만 무료로는 좀, 그렇지이?♡"
"5천 엔…… 아니, 1만 엔까지면 바로 낼 수 있어."
"즉답이네……."
고등학생 입장에서 1만 엔은 상당히 큰돈이라고 생각하는데…… 적어도 사진을 보기 위한 금액으로선…….
솔직히 협상하면 조금 더 끌어올릴 수 있을 것 같긴 했지만, 살짝 무서우니까 여기서 타협을 보기로 할까.
……뭐, 사진의 내용이 내용이니까 말이야?♡
"결제 감사합니다아♡ 으음, 자, 이거야♡ 이거 딱 1장, 리이가 갖고 있는 신이치 군의 사진♡"
"신이치, 사진……!"
사키호가 벌떡 몸을 일으키며 리이의 스마트폰을 양손으로 잡았다. 이젠 완전히 괴물…….
"이, 이건……! 으, 으으윽……!"
화면에 있던 것은 유우에게 영상에서 캡쳐해 달라고 했던 사진.

——신이치 군이 리이의 뺨에 뽀뽀했을 때의 사진이었다.

"리아, 아니, 메구로 리아……!"

신이치 군 성분을 섭취하고 싶은 마음과 리이와의 사진을 보고 싶지 않은 마음에 정말로 몬스터 같이 변해 버린 사키호. 그래도 결국 피눈물을 흘리면서도 사진을 보고 있는 모습이 너무 웃겨♡

"고맙긴 하지만, 부활하면 두고 봐……!"

"에엥, 사키호 무서워♡"

다음에 또 이용해 주세요♡

## 제3장
## 섬과 남친 셔츠와 그녀

"꺄아아아아아아아아아악!!"

먼 곳에서 들린 비명에 잠에서 깬 나는 멍한 눈을 비비며 몸을 일으켰다.

……그리고 내 옆에는.

"아, 일어났어? 좋은 아침, 히라카와."

칸다가 미소를 지으며 나를 바라보고 있었다. 마치 남편의 잠자는 얼굴을 사랑스럽게 들여다보는 아내처럼.

"아니, 왜 거기서 자고 있어?!"

"그야…… 아내니까 당연하지?"

"아니, 아내 아니잖아. 그리고 그, 그 옷은……!"

"이거? 히라카와의 와이셔츠를 좀 빌렸어. 역시 히라카와도 남자애구나. 나한테는 좀 크네."

창문으로 들어오는 아침 햇살을 받으며 남친 셔츠 상태가 되어 있는 나의 와이셔츠 소매를 킁킁거린다.

"아하하, 히라카와 냄새가 난다."

그렇게 말하며 수줍게 웃음 짓는 천재 여배우는 그 자체로 이미 더할 나위 없는 행복이었지만. 그렇긴 하지만!

"아니, 어젯밤 '잘 자'라고 했을 때까지만 해도 본인 잠옷을 입고 저쪽 침대에 들어가지 않았어?!"
"일어나자마자 그렇게 소리 지르면 혈압 오를 텐데?"
"누구 때문인데!"
"아하하, 엄청 전형적인 태클이네. 그보다……."
칸다는 소매가 남은 오른손으로 방 밖을 가리키며,
"아까 무슨 비명이 들리지 않았어?"
"……맞다!"
나는 몸을 일으켜 방을 뛰쳐나갔다.
"다녀와, 그동안 커피 내려놓을게."
선명한 목소리가 뒤를 따라왔다. 아니, 그러니까 뭐냐고 그 현모양처 같은 대사는.

복도로 나오자마자 흐트러진 잠옷 차림의 주조 씨가 복도에 서 있었다. 이쪽도 상태가 이상하다.
"무슨 일이세요……?"
"……도, 도도, 도르……! 도마……!"
"도르마무……?"
주조 씨가 알아들을 수 없는 말을 하면서 자신이 자고 있던 방을 가리켰다.
"방 안이요?"
"……!"
끄덕끄덕, 빠르게 고개를 끄덕이는 주조 씨. 그 어느 때보다 아이 같아 보이는 행동이었다. 이 사람 정말 주조 씨가 맞나? 똑같이 생긴 쌍둥이 여동생 아냐?

"실례합니다……."

조심조심 주조 씨의 방에 들어갔지만, 방안에는 아무것도 보이지 않았다.

창문에 가까이 다가가자, 도롱뇽인지 도마뱀인지가 달라붙어 있기에 유리를 가볍게 두드려 쫓아냈다. 창문을 열어 밖을 확인해 봤지만, 거기에도 아무도 없고 아무것도 없었다.

……아니, 잠깐?

『……도, 도도, 도르……! 도마……!』

"혹시, 주조 씨."

그녀의 이름을 부르며 뒤를 돌아보았다.

"무슨 일이죠? 신이치 님."

"축지법……?!"

바로 코앞에 새침한 표정의 주조 씨가 서 있었다. 아까까지의 당황하던 모습이 거짓말인 것처럼 바른 자세를 하고 있다.

"축지법에 관해서라면 카에데 님의 비서를 하는 와중 체득했습니다."

"어, 그건 대단……. 아니, 그것보다 주조 씨 혹시, 파춥."

딱, 하고 입술이 주조 씨의 검지에 의해 막혔다.

"그 이상은 부디 입에 담지 마세요."

새삼스럽게 가까이서 보는 주조 씨의 도자기처럼 촘촘한 피부와 구슬처럼 맑고 고요한 눈동자에 닫힌 입술과는 상관없이 할 말을 잃고 말았다.

"히라카와, 커피를 내렸어. ……어머, 내가 즐기는 걸 방해한 건가?"

칸다의 목소리로 정신을 차렸다.

"그, 그럴 리가 없잖아."

몸을 빼고 주조의 손가락에서 벗어난 나는 "실례합니다"라고 가볍게 인사하고 방을 나왔다.

"아내가 기다리는 방 바로 옆에서 바람을 피우다니, 그냥 넘어갈 수 없겠는데? 히라카와."

말과는 달리 히죽거리는 미소를 짓는 남친 셔츠 차림의 칸다.

"아내 아니잖아."

입 밖으로 표현해 확실하게 부인하지 않으면 현혹될 정도로, 완벽한 내 '이상형 아내'를 연기하고 있었다.

칸다가 내려준 커피를 마시고 갑판으로 올라가니 육지가 보였다.

"저 섬이 이번 목적지입니다."

"오, 저기가……."

"저, 그보다 주조 씨. 늘 이렇게 히라카와 근처에 있었나요? 모처럼 카지노에서 열심히 이겨서 살아남았는데, 이건 단둘만 있는 게 아니지 않나요?"

"저는 신부 후보가 아니므로 상관없습니다."

"역시 아까 방에서 무슨 일 있었던 거죠? 생각지도 못한 라이벌의 등장인가?"

칸다는 여전히 말과 달리 여유로운 미소를 짓고 있었다.

그건 그렇고 칸다와는 꽤 오랜 시간을 함께 보내는 기분이었다.

밤 10시 이후로는 취침 시간에 가깝기도 해서 【운명의 선택】 발송을 할 수 없기 때문이었다. 결과적으로 시간으로 따지면 10시간 가까이 칸다와 단둘이 있었다.

"뭐, 주조 씨가 있으니까 완전히 단둘뿐인 건 아니지만."

"속마음 읽지 마."

그때였다. 스마트 워치가 띠링♪ 소리를 내며

『일정 시간이 경과하였으니 【운명의 선택】을 발송해 주세요.』

하고 나를 재촉했다. 너도 내 속마음을 읽는 건 아니겠지?

"그러고 보니…… 이런 건 가능한가?"

나는 칸다에게 미안하다고 생각하면서도 【운명의 선택】을 발송해 보았다.

칸다의 스마트 워치가 띠링♪ 하는 벨 소리를 냈다.

그곳에 표시된 질문은.

===
【운명의 선택】
앞으로 어떻게 할까?
A: 신부 후보를 부활시킨다
B: 이대로 단둘이 지낸다
===

"아아, 이런 것도 가능하구나."
미소 속에 외로움 한 방울을 떨군 듯한 표정으로 칸다가 중얼거렸다.
"히라카와가 A를 선택하면 내가 어느 쪽을 선택하든 신부 후보는 부활한다는 거지? 그렇구나, 히라카와는 이걸 쓰면 리셋이 가능하구나. 정말이지, 하나부터 열까지 불공평한 게임이네."
칸다는 A를 선택했고 신부 후보 부활이 결정됐다.
"A를 골랐네?"
"여자의 마음을 모르는구나, 히라카와는."
의외라고 생각하는 내 뺨을 두어 번 찌르고는, 다소 토라진 듯한 표정을 지어 보인다.
"어차피 리셋될 거라면 적어도 같은 의견으로 하고 싶

었어.”

어떤 공지라도 있었던 것인지 유우와 마논이 우리에게 다가왔다.

“정말이네! 이제 신 근처에 있어도 찌릿찌릿하지 않아!”

“이해할 수 없어요. 몇 번 가까이 가봤다는 듯한 말투네요.”

“당연히 가봤지. 꽤 중독성 있는 찌릿함이었어…….”

“변태 아닌가요…….”

다시 한번 전원 데이트가 재개되었다.

“그러고 보니 이 경우 리아와 사키호는 어떻게 되는 거야?”

“물리적으로 참여하지 못하시는 분은 합류할 수 있을 때까지 참가도 불참도 아닌 상태가 됩니다.”

“무슨 뜻인가요?”

마논이 고개를 갸우뚱했다.

“즉, 지금 【운명의 선택】이 발송된다고 해도 참가는 할 수 없지만, 반대로 말하면 탈락하지도 않습니다. 섬에 도착해서 합류한 시점에서 참가하게 됩니다.”

“그렇군요. 그래서 그 섬에는 언제쯤 도착할까요?”

“저쪽에 보이고 있군요.”

“정말?!”

주조 씨가 손으로 가리키는 섬을 보자, 최대한 가까워지고 싶다는 듯 유우가 난간 밖으로 몸을 내밀었다.
"으음! 전형적인 무인도라는 느낌! 최고야!"
"이해할 수 없어요. 어느 부분이 그렇게 보이는 거죠?"
"봐봐, 저기 있는 범인이 자백할 것 같은 높은 벼랑이라든가……."
"아하하, 그렇게 몸을 내밀면 바다에 빠지지도 모르니 조심해."
세 사람의 반응을 지켜본 후 주조 씨가 "그럼" 하고 이야기를 되돌렸다.
"도착할 때까지 섬에 대한 설명을 간단히 해 드리겠습니다."
"정말?! 감사해요!"
솔직하게 감사의 말을 전하는 유우. 좋은 녀석이다.
주조 씨가 어딘가에서 태블릿 단말기를 꺼내자, 그곳에 섬의 지형도가 표시되었다.
"앞으로 향하는 곳은 여형도라는 섬입니다. 이름 그대로 위에서 보면 여(呂)라는 한자와 똑 닮은 섬입니다."
"그렇군요……?"
듣고 보니 확실히 그렇게 보이는 것 같기도 했다.
북쪽에 작은 섬, 남쪽에 큰 섬이 있고 그 사이로 현수교가 하나 지나고 있었다.
다만 '여'자는 가운데에 줄 하나가 있는데, 현수교는 섬의 동쪽에 있어 약간 균형이 맞지 않는 형태였다.

다만 이걸 입 밖으로 꺼내면 유우 같은 애들이 "너 진짜 까다롭구나……"라고 말할 것 같아서 굳이 말하진 않았다. 진짜 신경 써야 할 건 그 부분이 아니기도 했고.

"북쪽 지역을 북섬, 남쪽 지역을 남섬이라고 부르고 있습니다."

"아하하, 이름 그대로네."

"남섬은 레저를 즐기기 위한 설비가 갖춰진 지역입니다. 숙박은 가능하지만, 텐트에서 주무셔야 합니다. 그와 대조적으로 북섬에는 휴양지 느낌의 호화로운 코티지가 몇 개 지어져 있습니다."

"레저? 코티지?"

마논이 눈살을 찌푸렸다.

"이해할 수 없어요, 무인도인데 전기가 연결되어 있나요?"

"네, VIP분들이 섬째로 전세를 내고 숙식하는 것까지 상정한 어뮤즈먼트 무인도 시설이니까요. 드라마나 영화 촬영 등의 목적으로도 사용된다고 하더군요."

"허어……."

부자가 여가를 보내는 방법은 무궁무진하구나…….

"또한 남섬과 북섬 사이의 해역에는 상어가 서식하고 있으니 수영하는 것은 매우 위험합니다. 절대 들어가지 마세요."

"""상어……!"""

마논은 몸서리치며, 유우는 눈동자를 반짝반짝 빛내며 똑같은 말을 했다.

그러는 사이 배가 속도를 줄여 이윽고 항구다운 곳에 도착했다.

"오래 기다리셨습니다. 여형도에 도착했습니다."

"신이치 군!" "신, 이치……!"

배에서 내리자마자 저편에서 리아와 사키호가 달려온다.

둘 다 묘하게 도움을 요청하는 듯한 표정이다. 사키호는 완전히 호흡 곤란이 온 사람 같고. 괜찮은 거야?

그렇게 생각하고 있는데,

"신이치, 신이치, 신이치, 신이치, 신이치……!"

"야, 사키호……!"

스피드를 늦추지 않은 채 필사적인 모습으로 이쪽을 향해 달려온다. 잠깐, 나 배에서 내린 직후라 항구 가장자리에 있는데?!

"신이치신이치신이치신이치신이치신이치신이치신이치신이치신이치신이치신이치……!"

"사키호, 멈춰, 부탁이야, 이대로면…… 으어억?!"

이대로면 위험하다고 판단한 나는 날 향해 달려오는 사키호를 정면으로 밀어냈다.

그 반동으로 나는,

"아아……."

체념의 한숨을 내쉬며 뒤부터 그대로 바다로 떨어졌다.

"신이치, 신이치, 고마워, 미안해……!"

헤엄쳐서 항구로 올라가자, 흥분이 채 가시지 않은(?) 사키호가 끌어안으며 내 가슴에 자기 머리나 뺨을 마구 문질러왔다.

"아하하, 이젠 뭐에 대한 감사와 사과인지도 잘 모르겠네."

"사키호. 나 완전히 젖어서 사키호 너도 젖을 텐데……."

"이해할 수 없어요. 원인을 만든 건 사키호 씨잖아요. 오빠는 사키호 씨에게 너무 무르다고 생각해요."

내가 어이없어하며 그렇게 말하자, 마논이 옆에서 볼을 부풀렸다.

"왜 마논이 화를 내는 거야?"

"아하하, 나왔다. 히라카와의 둔감한 라노벨 주인공 대사."

"어? 마논, 그런 거야?"

"……몰라요."

마논은 획 고개를 돌려버렸다.

누가 봐도 사랑스럽게 질투하는 것으로밖에 보이지 않는데, 그럼에도 마논은 "마논이 오빠를 좋아할 리가 있겠어요?"라고 말하니…….

우리들의 대화와는 상관없이 "신이치, 으흐, 신이치 성분, 충전……" 하며 누가 봐도 상태가 이상해지고 있는 사키호.

"……흐음."

그리고 또 어째서인지 갑자기 의아한 표정을 짓는 유우.

혼자서는 도저히 해석할 수 없는 리액션을 반복하는 여자들에게 당황하고 있는 내 앞으로,

"신이치 군♡"

리아가 다가오더니 상반신을 굽혀왔다. 얇은 옷 안으로 보이는 풍만한 가슴에서 시선을 돌린다.

"사키호, 엄~청 힘들어했다?♡ 어젯밤 완전 패닉 상태가 돼 버렸거든. 그대로 호흡 곤란이 와서 죽는 줄 알았어♡ 리아가 응급 처치를 해 주지 않았다면 어떻게 됐을지이……♡"

"응급 처치? 굉장하네, 리아, 그런 걸 할 수 있어?"

"맞아! 더 칭찬해 줘어♡"

"아니야, 신이치. 메구로 리아 따위는 칭찬해 주지 않아도 돼……."

내 품 안에서 희미한 목소리로 사키호가 속삭였다.

"풀네임……."

사키호가 풀네임으로 불렀던 것은 『오사키 스미레』뿐이었다.

즉, 리아가 사키호에게 또 다른 증오의 대상이 되었다는

흥

뜻인데…….

“저기, 둘 사이에 무슨 일이 있었던 거야……?”

“‘리아, 사키호에게 무슨 짓을 한 거야?’라고 묻지 않는 신이치 군이라 좋아♡”

그때 나를 포함한 모든 이들의 스마트 워치에서 띠링♪ 하는 알림음이 울렸다.

운영 측에서 발송된【운명의 선택】이었다.

===

【운명의 선택】

이 뒤엔 어디서 보낼까?

A: 북섬

B: 남섬

===

제한 시간은 30분.

“신이치……!”

젖은 눈동자로 올려다보는 사키호.

솔직히 지금 상태에서 사키호와 다른 선택지를 선택하는 것은 위험할 것 같았다.

“주조 씨, 지금 있는 곳은 어느 쪽이죠?”

“이곳은 북섬입니다.”

대충 보니 조금 멀리 떨어진 곳에 코티지 같은 것이 세 채 보였다. 나스의 별장만큼 큰 것이 2채, 그보다 조금 작은 것이 1채다.

배 위에서 들었던 주조 씨의 설명에 의하면 북섬에는 코티지가 있고 남섬에는 텐트가 있다고 했다.

이후 나는 주위를 둘러보았다.

새하얀 백사장은 무척 깨끗했다. 인공물이 한 개도 없어 세련된 느낌이었다.

“남섬으로 건너가도 될까요?”

“네, 제한 시간 내에 결정만 해 주시면 상관없습니다.”

“리이도 가보고 싶어!♡”

우리는 남섬으로 향했다.

……하지만 그곳에는 난관이 가로막고 있――아니, 걸려 있었다.

“무서워어, 신이치 군……!”

휘오오오오…… 절벽 아래에서 바람이 휘몰아쳤다.

눈앞에는 현수교가 있었는데, 상당히 낡고 오래된 모습이었다.

땅에 박힌 굵은 막대기에 굵은 밧줄이 겹겹이 감겨서 건너편 기슭과 이쪽을 연결해 주고 있었고 나무판자가 빈틈없이 촘촘히 깔려 있다.

하지만.

"으음, 칼로 이 밧줄을 자르면 한 방에 아웃이겠네."

"레오나는 왜 그렇게 냉정한 거야……?"

다리를 분석하는 칸다의 모습에 사키호가 떨면서 지적했다.

"최고야! 이렇게 당장이라도 떨어질 것 같은 다리를 건널 수 있다니!"

"이해할 수 없어요. 죽는 게 두렵지 않은 건가요……?"

"나는 말이지, 이런 곳에서 겁먹고 건너지 않는 인생보다는 건너는 것에 도전하고 죽는 쪽을 선택할 거야! 그게 더 멋있으니까. 어때, 신도 그렇게 생각하지?"

"아, 으응……."

다시금 유우의 수수께끼 철학이 튀어나오려고 했지만, 지금의 나는 그런 것에 신경 쓸 여유가 없었다.

"신이치, 괜찮아……?"

"으, 응……."

나에 대해서라면 뭐든 다 알고 있는 사키호가 걱정스럽게 나를 바라보았다.

나는 아주 약한 고소 공포증이 있다.

"신이치 군, 높은 곳 싫어해?"

"아아, 응."

"신이치는 딱히 높은 곳 자체를 싫어하는 건 아닌데?"

나를 향한 질문에 어째서인지 사키호가 끼어들더니 거침없이 대답하기 시작했다.

"그 정도는 당연히 알고 있어야 하는 상식 아냐? 실제로 비행기도 탈 수 있었고 롯폰기 스카이타워 같은 고층 빌딩도 괜찮았잖아? 문명을 믿으니까. 하지만 수영장 다이빙대라든지, 그런 종류를 싫어하는 거야. 어느 쪽이냐 하면 떨어지는 그 감각 같은 걸 싫어한다고나 할까?"

"사키호 엄청 말한다……. 아, 근데 롤러코스터 탔을 때 그래서 스트레스 호르몬이 나왔던 거구나?♡"

"아마도……."

롤러코스터도 비행기와 같은 놀이기구라 탈 수 있을 거라 생각했지만, 한쪽은 안전하게 사람을 실어 나르는 이동수단, 한쪽은 스릴을 즐기기 위한 놀이기구. 결과적으로는 전혀 다른 것이었다.

실눈을 뜨고 다시 한번 절벽 아래를 내려다보니 그렇게 높지는 않지만 그래도 무서웠다. 게다가 이 아래에는 상어가 있는 거잖아?

"심연을 들여다볼 때 심연 또한 이쪽을 들여다보고 있는 법이지이……."

귓가에서 갑자기 격언을 속삭이는 소리에 나는 그쪽으로 시선을 돌렸다.

"리아, 어려운 말을 알고 있네."

"신이치 군을 들여다볼 때, 신이치 군 또한 이쪽을 들여다보고 있구나♡"

"그게 뭐야……."

'들여다본다'를 넘어서서 지척에서 빤히 바라보는 메구로 리아. 전 아이돌의 안력이 너무 강해서 빨려 들어갈 것만 같다.

"이해할 수 없어요. 그런 말로 잘도 노닥거리네요."

"노닥거린 적 없는데."

"신, 무서우면 같이 건너자!"

"앗……!"

그러자 리아에게서 가로채듯 유우가 내 팔을 잡았다.

"어째서?!"

"흔들다리 효과라는 게 정말 있는지 확인할 거야!"

그러면서 거침없이 잡아당기는 탓에 다리가 꼬여 버렸다.

"으아아아아알았어, 알았으니까 당기지 마, 내 페이스로 갈 테니까!"

"기다려주세요, 신이치 님, 시부야 님."

주조 씨가 말을 걸어왔다.

"이 현수교는 보시다시피 굉장히 너덜너덜합니다."

"너덜너덜이라니……."

"그래서 한 번에 한 명만 건널 수 있습니다."

그렇게 말하며 주조 씨는 다리 옆에 있는 입간판을 가리

켰다. 그리고 그곳에는
『주의! 1명씩 건너가시오』
라고 적혀 있었다. 왠지 잇큐 씨의 재치*가 발동될 것만 같은 간판이군…….
"그럼 이 다리를 둘이 건넌 인간은 이 세상에 아직 없다는 거네!"
유우가 눈동자를 반짝반짝 빛내며 나를 바라보았다.
"안 할 거야."

"역시 즐거웠어! 최고의 스릴이야!"
현수교를 건넌 뒤에도 변함없이 기운찬 미소를 지어 보이는 유우.
"아하하, 히라카와 완전 창백해. 괜찮아?"
"아아, 응……."
"무리하게 해서 미안해, 신이치……."
"이해할 수 없어요. 오빠는 사키호 씨 때문에 건너온 게 아닌데요."
사키호가 나에게 다가와 얼굴에 밴 식은땀인지 진땀인지 모를 것을 손수건으로 닦아주었다.
내가 건너는 것도 당연히 무서웠지만, 유우가 위태롭게 흔들리는 현수교를 뛰거나 달리며 건넜기에 그 모습을 보는 것만으로도 심장에 해로웠다.

---

*일본 옛이야기에 등장하는 중의 이름. 재치를 발휘하여 다리를 건넌다는 이야기.

"어쨌든 흔들다리 효과 같은 건 없다는 게 증명됐군요."

마논은 어이없다는 얼굴로 한숨을 내쉬었다.

"아하하, 뭔가 좀 아닌 것 같은데. 그건 그렇고 히라카와, 그렇게 무서우면 건너오지 말고 북섬에서 놀지 그랬어. 그렇게 남섬에 오고 싶었어?"

"……뭐, 그렇지."

그런 얘기를 하다 보니 이윽고 남섬 해변에 도착했다.

"……역시나."

"역시나?"

이쪽 해변은 레저 설비가 잘 갖춰져 있었다.

모래사장 위에는 비치발리볼 코트, 카바나, 비치파라솔 등등 럭셔리한 해수욕장에 있을 법한 것들이 다양하게 놓여 있었고 텐트 근처에는 바비큐장 같은 것들도 준비되어 있었다.

모래사장 캠핑…… 아니, 이 정도면 모래사장 글램핑이라고 해야 할 수준이다.

위치도 남쪽이라 그런지 햇볕도 이쪽이 조금 더 잘 드는 느낌이다.

그렇다면.

"좋아, 어느 쪽으로 할지 난 정했어."

그렇게 말하며 나는 한쪽을 선택했다.

"으음, 신이치 군, 어느 쪽으로 했어?"

"안 알려줘. 또 커닝 처리될걸?"

"치사해~."

되도록【운명의 선택】이 올 때마다 한 명 정도는 탈락시키고 싶었다.

최종적으로는 단둘이 남고 싶었고.【운명의 선택】횟수는 한정되어 있을 테니까.

그런데.

"리아 씨, 오빠한테 물어봐도 소용없어요. 사키호 씨는 어느 쪽을 선택할 거죠?"

……일이 그렇게 쉽게 풀리진 않을 것 같다.

"나?"

"그렇구나. 물어봐야 할 쪽은 히라카와가 아니라 시나가와 쪽이란 거군."

"무슨 뜻이야?"

유우가 고개를 갸우뚱한다.

"오빠는 이래 봬도 나름 공평성을 중시하는 면이 있어요. 그런 오빠가 금단 증상이 있는 사키호 씨를 내버려 두진 않을 테니까요. ……그렇다는 건 사키호 씨가 선택할 선택지를 오빠도 선택했다는 거겠죠."

"하지만 사키호가 뭘 선택할지 신이치 군이 알 수 있어? 사키호는 신이치 군의 스토커지만, 신이치 군은 사키호의 스토커가 아닌데?"

"'신이치 군을 들여다볼 때, 신이치 군 또한 이쪽을 들여다보고 있다'라는 거죠."

"응? 그게 뭐야아?"

"이해할 수 없어요……! 리아 씨가 아까 직접 한 말이잖아요……?!"

리아가 진심으로 모른다는 표정을 짓자 마논이 경악으로 눈을 부릅뜬다. 고생이 많네.

"그럼 사키호, 어느 쪽을 고를 거야?♡"

"그건……."

"시나가와?"

대답하는 사키호에게 칸다가 재차 확인하듯 말을 건다. 이름을 부르는 것뿐인데 이상하게 압력이 강해, 칸다 씨…….

잠시 머뭇거리던 사키호가 작은 소리로 중얼거렸다.

"……B 남섬."

"정말로오?"

리아가 과장되게 눈을 가늘게 뜬 채 사키호의 얼굴을 지척에서 들여다본다.

"백합 쪽 서비스도 하는구나, 메구로는."

"그게 뭐야?"

"아하하, 아무것도 아니야."

아무 상관도 없는 이야기를 꺼낸 칸다가,

“그럼 시나가와가 진실을 말하고 있는지 확인해 볼까?”
이어서 가볍게 말을 덧붙였다.
“그런 게 가능해?”
“뭐, 일단 봐줘.”
그러고는 사키호에게 한 걸음 다가간다.
“있지, 시나가와. 히라카와가 남섬을 선택한다면 시나가와의 선택을 방패막이 삼아 모래사장에서 놀고 싶다는 거 아닐까? 그래도 괜찮아?”
“무슨 말이야?”
“모두의 수영복 차림을…… 아니, 시나가와랑 메구로의 수영복 차림을 보고 싶은 게 아닐까, 해서.”
“뭐……?”
사키호의 눈동자에 어둠이 드리웠다.
“시나가와는 모르겠지만 실은 배에서 스노클 할 기회도 있었거든. 하지만 그때는 안 했어. 하지만 이번에 수영복을 입는 것과 다름없는 선택을 했다는 건, 즉 히라카와는…… 가슴이 큰 여자를 좋아한다는 뜻이 되겠지? 시나가와랑 메구로는 그중에서 상위 두 명이니까. 그렇다면.”
칸다가 검지를 흔들며 부족한 설명을 보충했다.
“히라카와는 지극히 일반적인, 어디에나 널린 남자와 다를 바 없는 음흉한 남자인 거겠지.”
“……레오나, 그 말 철회해 줄래?”

"오. 화났어?"

칸다는 여유로운 표정을 잃지 않았다.

"당연하지. 신이치가 남섬을 선택해 줬다면 나를 챙겨주기 위해서지, 그 외에 다른 이유는 없는데? 어쩌면 큰 가슴을 좋아할 가능성은 없진 않겠지만, 그건 내 가슴이 보고 싶어서 그런 거지, 결코 메구로 리아의 가슴을 보고 싶어서 그런 게 아니야. 하지만 유감스럽게도, 정말 유감스럽게도 내 가슴이 보고 싶은 것도 지금으로서는 아니야. 나는 원하기만 하면 얼마든지 보여주고 만지게 해 줬을 거니까. 그럼에도 그걸 지금까지 부탁하지 않았다는 게 얼마나 대단한 일인지 레오나가 알기는 할까? 즉, 신이치는 마음이 순결하고 멋있고 거기에 더해 색기까지 갖춘 최강의 남자── 아니, 최강의 인류라는 거야."

"……그렇다는 것 같아, 애들아."

빠른 속도로 쏟아진 장문의 말을 들은 칸다가 생긋 미소 지었다.

"흐으음? 적어도 사키호가 남섬을 선택한 게 사실이라는 건 알았어♡"

"그렇구나. 만약 사키호 씨가 북섬을 선택했다면 오빠를 이렇게 필사적으로 변호할 필요는 없었을 테니까요."

"딱히 사키호가 어느 쪽을 선택할지는 아무래도 상관없지만 말이야. 나는 이미 선택했어."

그리고 전원의 선택 결과.

===

데이트 연장 진행자는 신이치 님과 마찬가지로 『B: 남섬』을 선택한

칸다 레오나 님

시나가와 사키호 님

시부야 유우 님

히라카와 마논 님

메구로 리아 님

다섯 분입니다.

===

풀 멤버로 데이트가 지속되었다.

## 제4장
## Round2: 눈부신 수영복 타임

"음, 음. 그래, 이런 느낌이구나."

수십 분 뒤.

"신이치, 신이치, 신이치……!"

나는 좌우 스테레오로 목소리를 들으면서 해변을 걷고 있었다.

나머지 4명은 수영복을 입었지만 사키호만은 사복 그대로였다.

사키호는 갈아입을 시간조차 아까워하며 나에게 붙어 있었다.

탈의실용 텐트까지도 쳐들어올 정도의 기세였기에 입구에서 "기다려"라고 말했더니,

"응, 약속이야? 꼭 돌아와 줘. 나, 언제까지고 계속 신이치를 기다리고 있을 테니까……?"

마치 내가 어디 출정이라도 가는 건가 싶을 정도의 무거운 송별 인사를 받아버렸고, 그 3분 후 내가 탈의실에서 무사히 귀환하자,

"신이치, 다행이다. 안 나오면 어쩌나 계속 걱정했어……."

그런 열렬한 환영을 받았다.

내가 말하는 것도 좀 그렇지만, 나랑 떨어져 있던 하루 동안의 시간이 사키호를 상당히 불안하게 만든 것 같았다.

그보다도 지금까지 이런 일이 없었다는 건, 내가 오사키랑 같이 발리에 갔을 때나 다른 땐 어떻게 했었다는 걸까. 아니, 그보다 더 전에도 내가 중학교 수학여행으로 홋카이도에 갔을 때는…….

“저기, 사키호. 내가 중3 수학여행 갔을 때는.”

“학교를 쉬고 따라갔는데? 맞은편 호텔의 같은 층 방을 잡아서 지냈어.”

“아, 그러시군요…….”

위험한 여자다. 같은 호텔이 아니라 맞은편 호텔을 잡았다는 부분에서 사키호의 진심을 엿본 것 같아 무서웠다.

아니, 뭐 일단 사키호에 대해서는 알았다.

어느 쪽이냐 하면 지금 문제인 것은 손깍지 상태로 꼭 쥐어져 있는 나의 오른손 쪽이다.

“역시 나쁘지 않아.”

“……뭐가?”

“기분 말이야!”

나의 오른손을 잡고 있는 주인──시부야 유우의 미소는 평소보다 눈부셔서 보기 좋았지만, 그건 그거고 의미도

의도도 전혀 모르겠다.

"저기, 유우. 슬슬 알려줘. 배 위에서 대체 뭘 한……."

"더는 싫어어!"

내가 유우를 추궁하려던 순간, 뒤에서 크게 소리치는 소리가 들렸다.

"유우, 아까부터 방해돼! 신이치 군의 오른쪽은 리이의 특등석인데! 유우는 배에서 같이 있었잖아? 다음은 리이 차례야!"

리아였다.

금단 증상이 있었던 사키호는 그렇다 쳐도, 그 전부터 오랜 시간 동행했던 유우가 마치 제자리인 양 내 옆에 있는 것이 용납되지 않는 듯했다.

"딱히 이번 규칙은 순번제도 아니고, 어디까지나 신과 같은 걸 선택하느냐 하는 승부잖아? 나는 저번에도 이번에도 신과 같은 쪽을 골랐을 뿐이야. 정정당당히."

"끄응……."

끙끙거리는 소리밖에 내지 못하는 리아에게 유우가 한마디를 덧붙였다.

"그 부분을 말하자면 처음 【운명의 선택】 때 리아가 진 방식은 뭔데? 선택지를 잘못 고른 게 아니라 대놓고 커닝해서 페널티라니, 너무 우습지 않아?"

"반칙이라면 시즌1에서 유우도 했었잖아!"

"반칙을 쓰지 말라고 말한 게 아니야. 반칙을 쓰고도 이기지 못했으니 한심하다는 거지."

나왔다. 유우의 수수께끼 철학.

"으우! 그럼 어쨌든 승부에 이기면 된다는 거지?"

실로 보란 듯이 귀엽게 볼을 부풀리며 유우를 노려본 리아가 "신이치 군!"하며 이쪽을 보았다.

"【운명의 선택】을 내줘! 리이, 유우랑 승부하고 싶어!"

그렇군. 하긴 이대로 5명이 다 같이 할 일 없이 걸어가도 의미가 없을 테니까.

"이해할 수 없어요. 그건 다시 말해 두 분의 승부인데 마논과 다른 사람도 말려든다는 뜻 아닌가요?"

"진정해. 그런 규칙이니까, 어쩔 수 없지."

마논과 칸다가 못 말린다는 듯 한숨을 내쉬는 가운데, 나는 가능한 한 자연스럽게 왼쪽으로 힐끔 눈길을 돌렸다.

"신이치?"

하지만 아무리 자연스럽게 힐끔거린다고 해도 상대방이 이쪽을 계속 보고 있는 경우라면 곧바로 눈이 마주치고 만다. 이렇게 된 거 차라리 확실히 확인하려고 사키호의 얼굴을 대놓고 바라보았다.

"그렇게나 나를 빤히 바라보고, 무슨 일이야? 내가 소중하다는 걸 이제야 깨달은 거야?"

거기까지 말한 사키호는 얼굴을 굳혔다.

"……아니, 그게 아니네?"
내 진의를 알아차린 듯 사키호는 도망치듯 휙 시선을 돌렸다.
"나 아직 아픈데……?"
"그렇구나, 컨디션이 돌아와서 다행이야."
말과는 정반대로 사키호의 안색은 상당히 좋아졌다.
그렇다면 슬슬 이야기를 다음으로 진행해도 되겠지.
내가 발송을 마치자, 모두의 스마트 워치가 띠링♪ 하고 소리를 냈다.
"……신이치 못됐어."
내가 보낸【운명의 선택】은 이것이었다.

===
【운명의 선택】
앞으로 뭘 할까?
A: 비치발리볼
B: 비치플래그
===

"유우, 각자 다른 걸 고르자?"
"나는 내가 원하는 쪽을 고를 건데? 어느 쪽을 선택했는지 알려줄 테니까 리아가 나랑 다른 걸 선택하고 싶다면 좋을 대로 해."

"어째서, 상담해서 결정하자구우!"

뿌우, 하는 귀여운 소리를 내며 화내는 리아.

"나는 내 선택으로 넘버원이 될 거야. 거기에 다른 누군가의 의사 따윈 필요 없어."

"정말! 유우, 아이돌이랑 안 맞는 거 아냐? 메인 컬러도 노래 분담도 직접 선택할 수 없으니까!"

"메인 컬러……? 뭔지는 모르지만, 난 아이돌이 아니니까."

뭐, 이번에는(이번에도?) 유우의 말에 일리가 있었다.

"둘 다 좀 진정해. 그래서 더더욱 히라카와가 어느 쪽을 선택하든 승부가 될 만한 경기를 고른 것 같으니까. 일단 여기서 히라카와가 선택한 쪽을 고를 수 있을지, 두 사람이 생각한 쪽을 선택하는 게 좋지 않을까?"

"뿌우."

"여전히 토라지는 방식이 어린애 같구나……."

각자가 원하는 선택을 한 것인지 스마트 워치 위 공중 디스플레이에 결과가 표시되었다.

===

데이트 연장 진행자는 신이치 님과 마찬가지로『A: 비치 발리볼』을 선택한

시부야 유우 님
히라카와 마논 님
메구로 리아 님
세 분입니다.
===

"뭐야, 결국 리아랑 같이하게 됐잖아!"

"그러게……. 이러면 승부가 안 되지!"

"이해할 수 없어요, 사키호 씨. 오빠의 일이라면 뭐든 알고 있는 거 아니었어요?"

남겨진 세 사람 중 마논이 다소 어이없다는 듯, 유감스럽다는 듯한 한숨을 내쉬었다.

"아…… 글쎄, 어떻게 된 거지? 신이치랑 떨어져 있는 사이에 좀 무뎌졌나?"

사키호는 자조하듯 웃으며 눈을 내리깔았다.

"이런, 나도 실격이야. 히라카와는 팀 경기보다 개인 경기를 좋아할 줄 알았는데."

그 옆에서 칸다가 뺨을 긁적이며 말했다.

확실히 그 생각도 했다.

카지노 때와 같은 【운명의 선택】을 사용하면 비치플래그*로 토너먼트를 진행해서 마지막 한 명과 단둘이 데이트할 수 있었다. 이번 나의 행동 원리에 들어맞는 선택지라

*멀리 놓인 깃발을 먼저 뽑는 사람이 이기는 게임. 깃발의 개수가 하나씩 줄어든다.

고 할 수 있었다.

하지만 비치플래그는 기각했다.

애초에 '발이 빠른 것'은 내가 결혼 상대에게 요구하는 조건과는 관련조차 없다. 그렇다면 팀플레이를 할 수 있는지 보는 편이 그나마 더 낫다.

"그럼 비치발리볼 대결을 시작하겠습니다."

코트 옆에서 검은색 비키니에 얇은 후드티를 걸친 주조 씨가 선언했다. 그 틈이 눈에 들어온 탓에 황급히 시선을 돌렸다.

"불쾌해요. 오빠, 침 삼키는 소리가 다 들려요."

불쾌해요, 라니……. 평소랑 모습이 좀 다르잖아.

그건 그렇고 역시 어뮤즈먼트 무인도. 비치발리볼용 네트가 준비되어 있다니……. 내가 그렇게 감탄하고 있는데,

"뭐야, 이러면 정말 아무 의미 없잖아아!"

"나도 이건 좀 아닌 것 같아!"

네트 건너편에서는 리아와 유우가 서로를 가리키며 소리치고 있었다.

그 심정은 이해한다.

비치발리볼은 2대2로 하는 경기인데, 하필 팀 배정이 나와 마논이라는 『히라카와 남매팀』과 리아와 유우라는 『스타팀』으로 나뉘어졌기 때문이었다.

모처럼 두 사람 간의 승부였는데 같은 팀이 되면 의미가 없다는 거겠지.

"어쩔 수 없는 일이에요. 전략과 균형상 은둔형 외톨이인 마논이 이 중에서 누가 봐도 가장 약하기 때문에 오빠와 짝을 이룰 수밖에 없습니다."

"마논이 자랑스러워할 일은 아니지!" "마논이 자랑스러워할 일은 아니지 않아?!"

"이해할 수 없어요. 호흡이 척척 맞잖아요. 대체 뭐가 불만인 거죠?"

냉정한 얼굴로 대답하는 마논. 알고 있으면서…….

그렇다 해도 이렇게 팀을 나누는 편이 안심되는 부분도 있었다.

리아는 말할 것도 없지만 유우 역시 수영복 차림은 꽤 자극적이다.

네트 건너편 쪽에 있다면 강 건너 불구경하는 느낌으로 다소 냉정하게 볼 수 있겠지만, 만약 아군 팀에 있었다면 그쪽을 보지 않으려고 신경 쓰는 탓에 이길 수 있을 것도 못 이길 것 같았다.

그런 점에서 마논이라면 안심이다.

"오빠의 그 이해할 수도 없고 미적지근한 시선이 굉장히 불쾌한데요……."

"어째서……."

안심이라는 건 체형 때문이 아니라, 의붓동생이라고는 해도 같이 살던 가족이라 그런 건데?

"애초에 신이 이 중에서 제일 강하다는 게 진짜야? 공부만 하는 스타일 아니야?"

"내 성적은 올 10인데?"

"그럼 내 말이 맞는 거 아냐……?"

하여간, 유우는 뭘 모르네.

공부만으로는 완전 학비 면제 특대생이 될 수 없다.

체육과 예술계 과목까지 완벽하게 소화해야 올 10을 달성할 수 있다.

거기에 내신 점수도 필요하다. 그래서 나는 학교 축제 실행 위원장 등을 맡았다.

그런 내용을 간추려서 설명하자,

"뭐지? 뭔가 하나도 안 멋있어……."

리아에게 그런 말을 들었다. 뭐라고?

"딱히 멋있지 않아도 돼. 멋있어 보이고 싶어서 성적을 내는 게 아니니까. 내 목적을 위해서 그러는 것뿐이지."

"갑자기 말이 많아지고 있어요, 오빠."

"그렇지 않아. 그런 말을 하는 쪽이 그런 거겠지."

"오빠가 열심히 해왔다는 건 마논이 잘 보고 있었으니 걱정 마요."

마논이 내 머리를 쓰다듬었다. 그렇구나, 난 인정받고

싶었던 거였어……!

"이제 충분히 알았어……. 그러면 이제 시작해도 될까? 승부하자!"

배틀을 좋아하는 성격의 유우가 서브를 했다.

경기가 개시되었다.

"오빠는 최선을 다했어요."

"아아, 고마워……."

아무리 열심히 했어도 이것은 팀전.

히라카와 남매 팀의 명백한 패배였다.

"이겼어, 리아!"

"이겼다, 유우!♡"

게임이 진행되는 동안 리아와 유우 사이에서 수수께끼의 팀워크가 생겨났는지, 서로 하이파이브를 하고 있다.

"그건 그렇고 유우, 이긴 걸 엄청 좋아하네? 1등 하는 걸 정말 좋아하는구나♡"

"당연하지! 저기, 그래서 이 경우엔 어떻게 되는 거야?"

흐뭇하게 웃으며 바라보는 리아에게 대답하면서 나를 바라보는 유우.

"신이 퇴장하면 의미가 없으니까, 나랑 리아랑 신, 셋이 데이트를 이어가는 건가?"

"이해할 수 없어요, 유우 씨는 무슨 말을 하는 거죠?"

마논이 능청스러운 얼굴로 고개를 갸우뚱했다.
"뭐라고? 내가 뭘 모르는 건데?"
"리이도 유우의 말을 잘 모르겠어~."
"어? 아니, 이 시합에서 이긴 쪽이 양자택일 게임을 계속하는 거……."
"이해할 수 없어요. 그런【운명의 선택】은 없었는데요?"
"……앗."
그랬다. 카지노에서는 했었지만, 이번 비치발리볼에서는 그것을 하지 않았다.
이유는 간단하다. 마논에게 승산이 너무 없었으니까.
게다가 마논과는 단둘이 대화할 타이밍을 갖고 싶기도 했다.
"하아…… 뭐, 즐거웠으니까 됐어. 비치발리볼도 처음 해본 거고!"
순식간에 납득하고 기분을 바꿔버리는 유우. 좋은 녀석이다.
"하지만 슬슬【운명의 선택】을 내보내야 하지 않을까?♡"
듣고 보니 시간이 꽤 지났다.
"어떻게 할까……."
"그럼 호칭을 묶어서 하는 데이트는 어때?♡"
"그게 뭐야?"
"다들 신이치 군의 호칭을 똑같이 하는 거야!♡ 예를 들면…… '오빠'나 '변태' 두 가지 중에 고른다거나!♡"
"이해할 수 없어요. 대체 뭐죠? 그 두 가지 선택지는……?"
리아는 입을 ω자 모양으로 하고 있었다. 무슨 일을 꾸미는 거지……?
그렇게 생각한 그때, 나를 포함한 전원의 스마트 워치에서 알림음이 울렸다. 망했다, 시간이 다 됐다.
홀로그램 창에 뜬 것은 이런 문구였다.

===
【운명의 선택】
어느 쪽 호칭으로 묶어서 데이트를 할까?
A: 오빠
B: 변태
===

"이런 바보 같은【운명의 선택】이 어딨어?!"
"오빠가 발송하지 않은 채로 시간이 다 돼서 그래요……."
마논이 진심으로 어이없다는 어조로 중얼거렸다.
"오빠라니, 나도 그렇게 불러야 하나? 난 동갑인데?"
"그렇지? 싫지이?♡"
……아하. 리아가 무슨 생각을 했는지 알 것 같았다.
유우는 자신의 신념에 근거한 선택밖에 하지 않으니 아

마 B를 선택한다고 판단한 거겠지.

하지만 이 두 가지 선택지라면 내가 A를 선택한다는 것은 거의 기정사실이다. 아니, 거의 도토리 키재기나 다름없다는 느낌은 들지만, 그렇다 해도.

다만 그렇게 되면 마논은 배제할 수 없겠지만.

……그런 생각으로 개표가 진행되었다.

===

데이트 연장 진행자는 신이치 님과 마찬가지로『A: 오빠』를 선택한

시부야 유우 님

메구로 리아 님

두 분입니다.

===

"어……?"

그리고 두 가지 오산이 발생했다.

첫 번째는 유우가 A를 선택했다는 것.

유우를 바라보자,

"딱히? 호칭 따위는 정말 아무래도 상관없어. 그래서 이길 수 있는 쪽을 선택한 것뿐이야, 오빠."

그녀가 어깨를 으쓱하며 말했다.

"……뭐, 네가 생일이 빠르니까."

그리고 또 하나의 오산 쪽이 훨씬 충격이었다.

"마논, 어째서……?"

"……오빠가 마논 외의 사람에게 '오빠'라는 호칭으로 불리길 원하는 '변태'일 줄은 몰랐어요."

"우와, 둘 다 말했어……! 아니, 이 두 가지 선택이면 당연히 A를 고르지! 그 정도는 마논이라도……."

"알고 있어요, 그 정도는. 하지만……."

마논이 나를 원망이 담긴 눈길로 노려보았다.

"오빠가 마논 외에 다른 사람에게 '오빠'라고 불리는 걸 보는 게 싫었어요……!"

마논이 처음으로 보여준 집착과도 같은 감정에 나는 놀랐다.

"리이가 보기엔 하나는 예상이 맞았고, 하나는 예상이 빗나간 느낌이네. 뭐, 상관없지만♡"

옆에서는 생글생글 웃으며 윙크하는 소악마의 모습이 있었다.

그리하여 남겨진 두 사람과 함께 지내게 되었다.

"오빠, 봐봐! 저기 고무보트가 있어!"

느닷없이 생긴 동갑 (임시) 여동생이 가리킨 모래사장에는 3인승 고무보트가 덩그러니 놓여있었다.

“정말이네, 리이, 오빠랑 같이 타고 싶어♡”

또 다른 전직 아이돌 (임시) 여동생도 동조한다.

……뭘까, 이 죄책감은. 배덕감이라고 불러도 좋을지 모르겠다. 뇌리에 마논의 어이없어하던 눈빛 어른거린다…….

그건 그렇고 3인승 보트라니, 마치 이런 상황이 올 것을 간파한 것 같지 않은가.

조금 떨어진 곳에 있는 주조 씨를 바라보자, 고개를 한 번 끄덕였다. 아하, 앞서서 미리 봐 준 건가…….

“마침 잘됐어. 나 욕구불만이었거든.”

“뭐?” “뭐어?”

갑작스러운 폭로(?)에 나와 리아가 동시에 큰 소리를 냈다. 리아는 디아슬리 랜드의 대기실 때처럼 원래 성격의 목소리가 나와 버렸다.

“괌 때도 그렇고 오늘도 그렇고, 기껏 수영복을 입었는데 줄곧 해변에서만 놀았잖아? 바닷속에서 놀고 싶다는 욕구가 계속 쌓이고 있었거든.”

“아아, 그런 뜻으로……. 아니, 좀 더 다른 표현이 있지 않아?”

“뭐? 왜 그래야 해?”

“뭐랄까, 다른 뜻으로 들리니까……?”

“무슨 뜻으로 들렸는데?”

미간을 좁히는 유우.

"오빠는 유우가 야한 의미로 말했다고 생각한 거지?♡"

"어? 뭐야, 갑자기……? 엄청 소름 끼치는데……."

유우가 가슴을 감추듯 자기 몸을 끌어안았다. 뭘까, 불가항력으로 무덤을 계속 파고 있는 듯한 이 느낌은.

"뭐, 됐어. 시…… 오빠가 변태라는 건 알고 있었으니까. 체육복뿐만이 아니었구나."

유우는 체념 섞인 한숨을 내쉬며 고무보트를 가리켰다.

"그건 그렇고 나 고무보트 타본 적 없어. 빨리 첫 경험을 하고 싶어."

"역시 일부러 그러는 거지?!"

"뭐야아, 유우 대담해♡"

아무런 영양가 없는 대화를 끝낸 우리 셋은 고무보트에 올라탔다.

"읏차."

수영복 차림의 유우가 내 다리 사이로 쏙 들어왔다.

그리고…….

"오빠, 언제든지 리이에게 등 기대도 괜찮아♡"

뒤에서는 리아의 목소리가 들렸다.

너무나도 자극적인 샌드위치 상태에 머리가 어지러웠다.

방심하면 비키니 차림을 한 유우의 등이 시야를 가득 메운다.

목과 등에 각각 끈이 달린 수영복이었는데, 등 쪽의 끈은 심플하게 딱 한 번 묶여있을 뿐이었다.

목에 있는 줄이 메인이구나, 하고 스스로를 납득시키며 시선을 돌렸다. 그렇지 않으면 남의 수영복 생각만 하는 진정한 변태가 되고 만다.

그걸로 반응한다면, 그리고 그 반응을 들키게 되는 날엔 눈도 못 마주치게 될 것이다.

"그럼 간다!"

수평선을 바라보고 소수를 세면서, 아무 일도 일어나지 않기를 바라며 노를 젓기 시작했다.

그러나 이 유학에서 아무 일도 일어나지 않는다는 것은 있을 수 없는 일이었을까.

먼바다 쪽까지 간 시점에서 유우가 "아앗!" 하고 소리쳤다.

"언니, 무슨 일 있어?"

"누가 언니라는 거야. 그게 아니라 지금 저쪽에 그림자가 보였어! 바다거북 아닐까?"

"바다거북? 흐응."

딱히 흥미가 없어 보이는 리아의 반응에도 유우는 흥분한 모습으로 개의치 않고 이야기를 보충했다.

"한번 보고 싶었는데, 전에 오키나와 갔을 때 옵서널 투어로 2만 엔 정도 해서 결국 못 내고 포기했었거든! 운이 좋았네!"
"2만 엔!♡ 보고 싶다아!♡"
"잠깐, 둘 다……!"
체험을 현금으로 환산하자마자 리아도 몸을 앞으로 휙 기울인다. 바다거북처럼 보이는 그림자를 따라 두 사람이 몸을 내밀었다.
자. 보트에 타고 있는 3분의 2의 인간이 같은 방향으로 몸을 기울이면 어떻게 될까.
"잠깐, 잠깐, 잠깐, 잠깐……!"
"우와아악?!"
"꺄앙♡"
……당연히 전복된다.
"괜찮아?!"
입영하며 두 사람의 상태를 확인했다. 우리는 구명조끼를 착용하지 않고 있었다.
"괜찮아♡ 리아는 수영을 잘하거든!"
리아는 싱크로라도 하듯 제자리에서 빙글 한 바퀴 돌았다.
"나도 괜찮아. 리아만큼은 아니지만 수영을 못하지는 않으니까."
유우도 그 자리에서 입영을 선보였다.
"그건 그렇고 너 걱정이 너무 지나친 거 아냐?"

"아니, 그건……."

그 이유를 얼버무려야 할지 말아야 할지 망설이고 있는 사이,

"……?!?!"

나는 엄청난 사실을 알아차리고 획 몸을 돌려버렸다.

"뭐야? 사람과 대화할 때는 상대방의 눈을 보고 해야지."

"……와아♡ 언니 너무 야해♡"

리아도 알아차린 것인지 놀리듯이 그렇게 말한다. 그렇게 태평하게 굴 때가…….

"어? 뭐야……? 꺄악?!"

뒤늦게 알아챈 유우가 자기 몸을 끌어안는 기척이 났다.

"……봤어?"

"보지 못했습니다."

"보려고 했다는 듯이 말하지 마!"

무려 유우의 수영복(위쪽)이 전복의 충격으로 파도에 휩쓸리고 만 것이다.

자기 몸을 끌어안은 채 나에게 등을 돌리고 유우가 헤엄치기 시작했다.

"저기, 유우."

"뭐야?!"

젖은 눈동자로 이쪽을 보는 유우는 선정적이었지만, 그보다도 사태는 좀 더 심각했다.

"뭐랄까, 그 상태로 어쩌려고? 오리발도 없고 손도 쓸 수 없는 상태로 돌아가기엔 해변이 꽤 멀잖아."

"그렇다고 해도, 그건……!"

유우가 반론을 시도했지만, 그 결과 반론할 거리가 없다는 것을 깨달은 듯했다.

"……."

"……?"

할 말을 잃은 유우는 입을 다물고 눈을 내리깐 채 이쪽으로 스르륵…… 헤엄쳐 왔다.

그리고.

"……절대로 이쪽 보지 마."

내 어깨에 한 손을 올렸다.

"아, 안 볼 거야……!"

"으우……."

리아가 원망이 담긴 눈으로 이쪽을 바라보았지만, 유우의 판단은 실제로 옳았다.

인간의 눈은 뒤에 붙어 있지 않기 때문에 내 등에 달라붙는 것이 내 시야에서 가장 빨리 벗어나는 방법이었다. 리아에게는 보일 수도 있지만, 같은 여자이니 괜찮겠지.

이대로 내가 수영해서 끌어당기면 큰 고생 없이 해변으로 돌아갈 수 있을 것이다.

"그, 그럼 돌아갈까……. 리아는 직접 수영할 수 있지?

……잠깐, 야?!"
"있지, 오빠?♡"
조금 전까지 인상을 구기고 있던 리아 역시 자신의 가슴팍을 가리고 요염한 미소를 지어 보였다.
그리고 내 바로 옆으로 다가와 속삭인다.
"리이도 수영복, 바다거북한테 빼앗긴 것 같아♡"
"아니, 틀림없이 네가 어디론가 던진 거겠지! 바다거북은 스스로 인간에게 다가오지 않는다고!"
게다가 리아는 왜 항상 그런 전략인 건데?!

결국 오른쪽 어깨는 리아에게, 왼쪽 어깨는 유우에게 빌려준 채 나는 천천히 평영으로 나아갔다.
전복된 고무보트를 다시 뒤집는 건 어려울 것 같아 그냥 그대로 가져오려고 했는데, 도중에 너무 힘들어져서 중간에 있는 암벽에 끈을 걸어 두었다. 나중에 가지러 오든지 해야지…….
"리아, 넌 정말 상식 밖이야……. 아아, 나한테 '상식'이라는 말을 꺼내게 만든 상대는 네가 처음이야……."
초췌한 몰골의 유우가 중얼거렸다.
"미안해…… 리이는 리이보다 눈에 띄는 사람이 있는 걸 도저히 그냥 넘길 수 없는 성격이라……."
"조신하게 말해 봐야 내용은 단순히 최악이거든?"

"으음? 하지마안, 남을 밀어 떨어뜨려서라도 앞으로 나갈 각오가 없으면 연예계에서는 살아남을 수 없지 않아? ……아, 언니는 유튜버지 연예인이 아니니까 모르겠구나♡"

"뭐? 별로 큰 차이도 없지 않아?"

빠지직, 물소리에 섞여 유우의 혈관이 튀어나오는 듯한 소리가 들린 것 같다.

"아아~, 일반인에겐 그렇게 보이는구나~. 뭐, 경험해 보지 않았으니 몰라도 어쩔 수 없지♡ 괜찮아, 그게 보통이니까♡"

"일반……! 보통……! 너 내가 싫어하는 말만 계속……!"

나는 거기에 쥐어짜듯 한마디를 덧붙였다.

"둘 다 좀 조용히 있을래? 두고 간다."

"네에, 오빠아♡" "미안, 오빠아……."

유우, 너 휩쓸렸다.

어찌어찌 해변까지 돌아와 육지로 올라갔다.

"도착했다! 고마워, 오빠♡"

"아, 으응……."

옆에서 들려오는 리아의 감사에, 시선을 주지 않고 대답했다.

하지만 유우가 올라오는 기색이 없다.

뒤를 돌아보자, 파도가 치는 곳에서 두 팔로 가슴팍을

누른 채 웅크린 유우가 있었다. 젖은 눈동자로 뺨을 물들인 채 원망스러운 얼굴로 이쪽을 노려봤다.

“보지 마, 바보……!”

“미, 미안.”

나는 황급히 【운명의 선택】을 발송했다.

내용은 물론 조금이라도 빨리 다른 신부 후보들과 합류해 이 자리를 수습하기 위한 것이었다.

===

【운명의 선택】

앞으로 어떻게 할까?

A: 신부 후보를 부활시킨다

B: 이대로 셋이 지낸다

===

“에이, 오빠랑 둘이 남고 싶었는데!♡”

“리아 네가 벗지만 않았으면 될 일이었거든?!”

둘 다 나와 같은 A를 선택했고, 두 번째 순서는 막을 내렸다.

참고로 몇 분 뒤 부활 알림을 보고 나타난 다른 세 사람의 반응은 이러했다.

“신이치, 그렇게 보고 싶다면 내 가슴 얼마든지 보여줄게……? 내가 리아보다 훨씬 더 크니까.”

“오빠는 역시 최악의 변태군요…….”

“아하하, 히라카와도 고생이네.”

응, 아무래도 칸다만이 내 진심이 아니라는 걸 알아준 듯했다.

“칸다, 알아줘서 고마워…….”

“아하하, 천만에. 와아, 그건 그렇고 체력이 정말 대단하네. 두 사람을 상대하다니, 아주 든든해.”

“두 사람을 끌고 수영한 걸 말하는 거지?”

## 제5장
## Round3: 불꽃이 튀는 요리

===

【운명의 선택】

저녁은 어디서 뭘 먹을까?

A: 해안가에서 바비큐

B: 코티지에서 해산물 파스타

===

해 질 녘, 운영 측에서 내보낸【운명의 선택】은 그런 내용이었다.

"음…… 신이치 군은 어느 쪽일까……. 저기, 사키호, 어느 쪽인지 알아?"

"그 정도는 당연히 알고 있어야 하는 상식…… 아냐? 알려주진 않을 거지만."

"이해할 수 없어요. 자신이 없어 보이네요, 사키호 씨?"

"내가 보기엔 하나밖에 없네!"

다른 4명이 화면과 눈싸움을 하는 사이,

"아하하, 시부야는 여전히 고잉 마이웨이네."

칸다는 여자들의 대화에 대꾸하면서도 내 쪽을 보고 있

었다.

"……?"

내게 말을 거는 것도 아니어서 무슨 일일까, 하고 마주 바라보자, 오른손으로 코를 만지고 왼손으로 귀를 만지며 미소와 함께 고개를 갸웃해 보인다.

『A를 선택하길 원한다면 오른손으로 코를 만지고, B를 선택하길 원한다면 왼손으로 귀를 만져줘.』

아하. '어느 쪽인지 알려줘'라는 뜻이었나.

내가 '알려주지 않겠다'라는 뜻으로 다른 네 사람이 눈치채지 못할 정도로 작게 고개를 흔들자, 비밀을 즐기듯 그녀가 작게 웃는다.

그 묘하게 요염한 미소는 여전히 너무 매력적이라 무서웠다.

"이해할 수 없어요. 두 사람 다 뭘 하는 거죠……?"

"뭐냐니? 뭐가?"

"……아니요, 아무것도 아니에요."

수상쩍다는 표정을 짓던 마논도 자신의 화면을 눌러 둘 중 하나를 선택한다.

이윽고 결과 발표 시간이 되었다.

===

데이트 연장 진행자는 신이치 님과 마찬가지로『A: 해안

가에서 바비큐』를 선택한

칸다 레이오 님

시부야 유우 님

히라카와 마논 님

메구로 리아 님

네 분입니다.

===

"와, 사키호만 못 맞췄어! 예상을 안 들어서 다행이다아!♡"

"이해할 수 없어요. 사키호 씨, 무슨 일이죠?"

리아는 과장되게 가슴을 쓸어내렸고, 마논은 의아한 표정으로 사키호를 바라보았다.

"아, 아니, 그게……."

대답하길 망설이는 사키호.

"역시 사키호도 사실은 그렇게 신에 대해 잘 아는 건 아니구나?"

그런 그녀를 본 유우가 은근슬쩍 부추기는 말을 했다.

"……그건 절대 아니야. 나도……."

"뭐야?"

아랫입술을 깨물고 사키호가 유우를 노려본다.

"오, 오히려 시부야가 더 아무것도 모르는 거 아냐? 신이치가 해산물 파스타를 엄청 좋아하는 것도 몰랐지? 모르니까 바비큐로 한 거지? 그뿐이잖아?"

"난 단순히 바비큐를 하고 싶었을 뿐인데?"

"시부야는 늘 이랬었잖아. 본인의 뜻을 관철하면서 정해 왔는걸."

유우가 팔짱을 끼고 대답했고, 그 옆에서 칸다가 그녀의 말을 거들었다.

"그것보다 이해할 수 없어요. 오빠는 해산물 파스타처럼 돈이 많이 들 것 같은 음식은 안 먹을 것 같은데요?"

"그래, 마논도 전혀 모르는구나? 같이 살던 시기가 있어서 조금은 더 지식이 있을 줄 알았는데 아쉽네. 아, 하지만 그것도 그런가. 그건 마논이 모르고 있어도 어쩔 수 없겠다."

내 소꿉친구가 혼자 진 주제에 입으로는 궁지에 몰린 보스 캐릭터 같은 말을 하면서 눈동자를 어둡게 물들였다.

……스위치가 켜졌네.

"물론 신이치가 굳이 자청해서 비싼 음식을 먹지 않는다는 건 당연히 알고 있어야 하는 상식이야. 신이치는 미니멀리스트이면서 절약가이기도 하니까 말이지. 신이치가 잘하는 요리가 뭔지 알아? '떨이 볶음'이라고 하는데, 유통기한이 임박한 떨이 채소를 슈퍼에서 사 와서 그걸 소금과 후추에 볶아먹는 거야. 그만큼 절약을 잘하는 사람이니까 해산물 파스타라면 가성비가 좋다고 하기 어려운 메뉴이니 안 먹지 않을까, 보통은 그렇게 생각하겠지? 하지만 맛이 좋다든가 없다든가, 음식의 좋고 싫음이라는 건 그런 것과 상관이 없어. 애초에 미각이라는 건 가격으로 결정되는 게 아니니까. 머리카락 끝부터 발가락 끝까지 완벽한 신이치에게도 저항할 수 없는 쾌감이 이 세계에는 있다는 얘기지. 그게 바로 미각. 뭐, 미각 이외에도 저항할 수 없는 쾌락을 주고 싶고 공유하고 싶다는 생각은 계속하고 있지만, 그건 신이치가 나를 확실하게 선택했을 때 알려줄 생각이야. 아, 미안, 미안. 얘기가 잠깐 탈선해 버렸네."

"저기, 신, 사키호가 엄청나게 말하고 있는데!"

사키호가 말하는 사이 유우가 내 소매를 잡아당기며 흥분한 듯 말했다.

"왜 눈을 반짝이고 있는 거야……."

"그야 이 정도로 길고 무서운 건 본 적 없으니까!"

흔들림이 없네, 유우는……. 불을 지핀 건 본인이면서.

"신이치가 해산물 파스타를 처음 먹었던 건 중3 수학여행 때야. 신이치의 수학여행지는 홋카이도였는데, 4박 5일이나 되는 일정이라 해물덮밥도 삿포로라면도 징기즈칸도 잔기 정식*도 수프카레도 이시카리나베**도, 어지간한 건 다 먹어볼 수 있었지. 하나같이 맛있었지만, 신이치는 담담하게 먹고 있었어. 그 쿨한 얼굴이 또 그거대로 멋있

---

*홋카이도의 닭요리.

**연어를 사용한 홋카이도 요리.

었지만.”

“어? 히라카와는 중학교부터 남학교였으니까 시나가와랑은 다른 학교일 텐데…….”

“레오나 씨, 저 사람은 시나가와 사키호 씨예요.”

“아아, 그렇구나. 따라간 거구나.”

자연스럽게 이해하지 마.

“하지만 4일째 점심으로 해산물 파스타――그때는 페스카토레였지, 그걸 먹었을 때 신이치의 눈이 평소보다 0.02mm 휘둥그레지고 굉장히 작은 소리로 ‘맛있어……’라고 말했어! 수학여행 중에 그때까지 단 한마디도, 아무 말도 하지 않았던 신이치가 말이야!”

“나흘 동안 한마디도 하지 않았다고?!”

“이해할 수 없어요. 그게 뭐가 그렇게 이상한 일이죠? 평범한 일이잖아요.”

“우와, 똑 닮은 남매네…….”

아니, 지금 중요한 건 그 부분이 아니잖아? 어떻게 나의 그런 미세한 표정을 보고 있었는지, 어떻게 그렇게 작은 목소리를 들었는지 궁금해야 하지 않을까?

“그 모습이 어찌나 고귀하던지, 눈물이 주르륵 흘러 버려서…… 가게에서 울어버린 탓에 점원이 걱정하더라. ‘손님, 가게 안에서 쌍안경을 사용하시면……’이라면서. 눈에 안 맞는 걸 썼다고 생각했던 거겠지.”

"아니, 그건 시나가와를 걱정한 게 아니라 시나가와가 무슨 일을 저지르는 걸 걱정한 거겠지."

칸다 씨, 드물게 진지한 얼굴이다.

"그 이후로 해산물 파스타를 해 주고 싶다는 생각은 늘 갖고 있었는데, 파스타라는 건 시간이 지나면 면이 다 불어버리잖아? 되도록 신이치네 집 가스는 안 쓰려고 평소에 난 우리 집에서 전부 다 만들어서 갖다주니까, 그런 이유로 아직 먹여주고 싶다는 바람을 이루지 못하고 있어. 집에서 가스버너를 가져가서 만들어 주는 것도 생각한 적이 있었지만, 그렇다고 해도 물 같은 건 어쩔 수 없이 쓸 수밖에 없고……. 만약 미네랄 워터에 면을 삶는 짓을 했다간 그거야말로 신이치한테 '아깝게 뭐 하는 거야'라면서 혼날 테니까. 미래의 배우자감으로서 그런 부분의 금전 감각 같은 건 지금부터 제대로 서로 이해하고 균형을 맞춰 나가야 한다고 생각해. 아, 미안, 미안. 또 이야기가 탈선해 버렸네? 아무튼 내가 신이치를 모른다는 건 말이 안 된다는 거야. 잘 알아들었어?"

"사키호가 최고로 위험하다는 건 알았어!"

유우는 어느새 틀어놓고 있던 스마트폰 카메라 녹화를 정지하고 환한 표정을 지어 보였다.

"어? 이상하다, 모르는 것 같은데? 아니면 내……."

"그러니까 시나가와는 히라카와가 좋아하는 메뉴를 아

니까 그쪽을 선택했다는 거지?"

칸다가 상황을 수습하듯 사키호의 어깨를 톡톡 두드리자, 사키호는 '음……?' 하는 시선을 한순간 칸다에게 향하더니 얼굴을 되돌렸다.

"아니면 내 신이치를 향한 사랑이 위험하다는 걸 알았다는 뜻인가?"

"아, 멈출 생각이 없구나."

"그야 물론 위험하다고 생각하는 사람도 있을지도 모르지. 하지만 내가 보기에는 신이치를 보고 그렇게 되지 않는 사람이 더 위험하다고 생각해, 미친 게 아닐까 생각해. 왜냐면……."

"아직도 얘길 계속하고 있네……?!"

여전히 기세가 꺾이기는커녕 부들부들 손목을 떨며 쏟아지는 사키호의 토크에 칸다가 보기 드물게 솔직한 지적을 넣었다.

"사키호, 이제 괜찮아, 알았으니까."

나는 그녀의 양 어깨를 정면으로 살짝 눌렀다. 그러자 장문의 빠른 말을 내뱉던 입이 딱 멈췄다.

"오, 멈췄다."

그리고 사키호는 천천히 고개를 기울였다.

"……신이치, 뭘 알아준 거야?"

"전부."

"우와, 그런 성의 없는 대답으로 넘길 수 있을까아……?"
리아가 걱정(?)해 주는 가운데, 사키호가 미소를 지어 보였다.
"전부구나, 다행이다."
"납득했다……. 사키호와 신이치 군의 수수께끼의 인연, 무섭네……."
"정말 무섭네, 여러 가지 의미로."
리아와 칸다의 의미심장한 대화와 동시에, 사키호가 "하으, 아파……!"라는 기묘한 소리를 지르며 나에게서 떨어져 나갔다. 전기 충격이 흘러들어간 것 같다.
아니, 혹시 전류가 흐르는 것도 눈치채지 못한 채 계속 이야기하고 있었던 건가……? 혹시 아까 손목이 떨렸던 건 전류 때문에?

남은 4명과 함께 바비큐장으로 이동한 나는 먼저 불을 피우기 위해 숯을 쌓고 착화제에 불을 붙였다.
착화제에서 숯으로 불이 옮겨붙어 정착하기를 기다리는 동안 스테이크 고기에 칼집을 내고 소금, 후추와 향신료를 뿌려 간을 했다.
고기에 간이 배어들기를 기다리는 동안에는 양파, 가지 등 채소를 잘라 적당한 크기로 만들었다.
거기까지 마치자, 대강의 흐름이 끝났다. 후…… 하고

숨을 내쉰다.

……그리고, 그때야 깨달았다.

"왜 아무도 안 움직이는 거야?!"

내가 바쁘게 준비하는 동안.

유우는 "그동안은 몰랐는데 나 불을 좋아하는 것 같아! 뭔가 기분이 업되는데!" 라는 살짝 무서운 소릴 하면서 바비큐 그릴을 촬영하고 있었고.

리아는 "와!♡ 힘내! 요리할 줄 아는 남자라니 멋있어♡" 라면서 근처 의자에 앉아서 나를 치켜세우기만 할 뿐이었고.

칸다는 "아하하, 드라마 역할로 온 가족이 함께 캠핑하는 건 해봤는데. 그거 실제로는 연기자가 아니라 소품이나 대도구로 다 준비된 거거든"라면서 실로 여배우 같은 발언을 하고 있었고.

마논은 "이해할 수 없어요. 왜 굳이 밖에서 밥을 해 먹을 필요가 있는 거죠?"라면서 고개를 갸웃거리고 있었다.

마논은 그런 말을 할 거면 왜 이쪽을 선택한 거니?

항상 혼자 있는 게 너무 당연해서 사람들이 아무것도 안 하는 걸 아무렇지도 않게 생각했는데, 잘 생각해 보면 이런 건 다 같이 협력해서 착착 진행해야 하는 거 아닌가.

"그런데 히라카와가 이런 걸 잘하다니 의외네. 혼자 바비큐 해본 적 있어?"

"뭐, 그렇지."

"혼자 바비큐?! 그보다 혼자라고 단정 짓는 건 딱히 신경 안 쓰는구나?"

리아의 지적은 흘려들었다. 오히려 칭찬이다.

숯 집게를 이용해 불의 상태를 봐 가면서 나는 대답했다.

"딱 한 번 진정한 자립에 도전하면 어떻게 될지 궁금해서 시도해 본 적이 있어."

"있었죠, 그런 일도."

마논이 어이없다는 말투로 동조했다.

"와, 어디서 했어? 난 이런 거 해본 적 없는데. 모닥불이라든가 캠핑 같은 거? 혼자서 할 수 있는 곳이 있다면 촬영도 해보고 싶은데 알려줄 수 있어?"

"아무 데도 안 갔어."

"무슨 뜻이야?"

유우가 얼굴을 찌푸렸다.

"오빠는 집 정원에서 갑자기 바비큐를 시작했으니까요."

"깜빡했다. 신네 본가는 대저택이었지……."

유우가 어깨를 으쓱했다.

"우리 부모님은 원래 캠핑을 좋아하셨어. 아버지가 아직……."

거기까지 말하고 다시 말을 이었다.
"……어머니가 아직 살아계셨을 땐 데려가 주신 적도 있거든. 근처에 사는 친한 가족과 같이 간 적도 있어."
"지금의 신노스케 아버지로선 상상도 할 수 없는 모습이에요……."
마논이 슬쩍 끼어들었다.
"뭐, 어쨌든. 그래서 우리 창고에 캠핑 도구가 있다는 건 알고 있었어. 되도록 내 힘으로 살아가기 위해서는 이런 것들의 사용법도 알아둬야 하지 않을까 생각했거든. ……좋아, 불붙었다."
"그 이후로도 가끔 진지한 얼굴을 하고 정원에서 고기나 채소를 굽곤 했죠."
"뭐야아, 뭔가 신이치 군 귀여워♡"
리아가 양손을 모으고 밝은 어조로 말했다.
"오빠도 드디어 취미가 생겼나 했는데, 어느 날인가부터 갑자기 안 하게 됐어요. ……어? 그러고 보니 왜 그런 거죠?"
"숯을 다 썼으니까."
"네……?"
당연한 대답을 돌려주자 마논이 얼굴을 찌푸렸다.
"숯은 최소 단위가 꽤 많아서 혼자 쓰면 몇 번은 해야 다 쓸 수 있거든. 처음에 산 분량을 다 써서 더는 안 하게 된 거야. 그래서 딱히 진지한 얼굴을 하고 있었던 게 아니라 빨리 다 쓰고 싶다고 생각하고 있었어."

"에엥, 하나도 안 귀여워……."

"안 귀여워도 돼."

그나저나.

이대로 내가 혼자서 다 요리해 나가는 걸 네 명이 그저 바라만 보는 것도 시간 효율상 좋지 못했다.

이래서 사람은 협력한다는 깨달음과 동시에, 애초에 처음부터 혼자인 편이 '도와줄지도 모른다'라는 헛된 기대를 품지 않아도 되니 차라리 낫다는 마음이 동시에 피어올랐다.

뭐, 모처럼 유학을 왔으니, 지금은 도움을 받을 사람을 구해볼까.

"요리 잘하는 사람은 나랑 같이 조리, 못하는 사람은 뭐 다른 걸 도와줬으면 하는데. 이 중에 기본적인 요리를 할 수 있는 사람 있어?"

내 그런 질문에.

"저요오!♡ 해본 적은 없지만♡ 리이, 신이치 군이랑 같이 요리하고 싶어!"

"뭐, 해보면 어떻게든 할 수 있지 않을까?"

"요리를 잘하는 아이 역할이라면 해본 적 있어."

"마논, 타이핑을 자주 해서 손끝 움직임엔 꽤 자신 있어요."

……틀렸어, 전혀 참고가 되지 않는다. 뭔가 테스트해 볼 만한 게 있으면 좋을 텐데…….

"아…… 그럼, '요리의 사시스세소'*가 뭔지 말할 수 있어?"

"당연하지!♡"

리아가 손을 들고 나서, 내 오른팔에 딱 몸을 밀착시킨다.

"역시나!♡ 처음 알았어♡ 굉장하다!♡ 세…… 세……? 아, 간장! 된장!"

"전반 부분은 '미팅의 사시스세소'**인데?"

"이해할 수 없어요. 난제로 유명한 '세'랑 '소'는 어떻게 정답을 아는 거죠……?"

"으응? 그야 물론……."

히라카와 남매의 지적에 리아는 느릿한 목소리로 대답한다.

"퀴즈 프로에서는 의도적으로 틀려야 하니까♡"

"아아, 그런 의미로……."

즉, 그렇다는 건…….

"모든 문제에서 오답을 내기 위해선 모든 문제의 정답을 아는 지식이 필요하다는 뜻♡"

아니, 무서운데…….

"그럼 혹시 평범하게 전부 다 말할 수도 있어?"

"당연하지! 설탕, 소금, 식초잖아?♡"

"우와……."

---

*일본 요리에서 기본이 되는 조미료들. 설탕, 소금, 식초, 간장, 된장 다섯 가지.

**소개팅에서 사용하면 효과적이라고 알려진 표현.

알고 있으면 처음부터 말하라고…….

"아, 참고로 소개팅의 '세'는 '센스 좋네♡', '소'는 '그렇구나♡'야♡"

"그렇구나……."

"와, 벌써 체득했네!♡ 역시 신이치 군!♡ 대단해!♡ 센스 있다♡ 몰랐어!♡"

나는 스스로 알 만큼 굳은 미소를 짓고 말았다. 그보다 마지막의 '몰랐다'는 거기서 나와도 괜찮은 건가?

"아하하, 아이돌은 무섭구나."

"그런 소릴 하는 레오나도 그런 부분이 있잖아? 안색 하나 안 바꾸고 거짓말을 한다든가."

"어, 무슨 말이야? 난 거짓말 같은 거 한 적 없어."

"그런 부분을 말하는 게 아닐까요, 레오나 씨."

결과적으로, 일단 요리의 사시스세소를 알고 있었던 리아와 마논에게는 칼로 고기와 채소 써는 것을 부탁하고, 불을 좋아한다며 호언장담한 유우와 칸다에게는 바비큐 그릴에서 고기를 굽는 담당을 부탁하기로 했다.

"그럼 뭘 구워볼까? 평소엔 먹어보기 어려운 걸 구워서 먹어보고 싶어!"

"평소에 먹어보기 어려운 게 뭐야아?"

"음, 개구리라든가? 잘은 모르지만 먹는 나라도 있다

잖아?"

"히익?!"

가까이서 목소리가 들려서 고개를 돌리자, 그곳에 주조 씨가 있었다.

"주조 씨, 거기 계셨어요?!"

"네, 아까부터 계속 이쪽에 있었습니다만?"

"이해할 수 없어요. 기척을 완전히 지울 수 있는 건가요?"

"지금까지도 여러분이 눈치채지 못했을 뿐 훨씬 가까이에 있었습니다."

배 위에서 본 축지법도 그렇고, 닌자 같은 사람이네…….

"냉정한 얼굴로 대답하고 계시는데, 아까 그 목소리 주조 씨 아닌가요?"

칸다가 짓궂은 미소를 지으며 주조 씨를 추궁했다.

"무슨 말씀이죠?"

냉정한 얼굴의 주조 씨.

"흐음? 뭐, 상관없나. 시부야, 하던 이야기 마저 해 봐. 또 뭘 굽고 싶어?"

성격 짓궂네, 칸다.

"으음, 또 뭐가 있을까……. 아, 뱀 같은 거?"

"힉……."

"뭔가 장어구이처럼 구워져서 의외로 먹을 수 있을 것 같지 않아?"

"흐이이……."

이 이상은 보기 안쓰러웠다.

"저기, 주조 씨, 잠깐 저쪽에서 쉬시는 게 어떨까요?"

그런 말을 하면서 잠시 눈을 뗀 틈에.

"아얏……!"

가냘픈 목소리가 들려와 그쪽을 바라보니 마논이 자기 손가락을 빨고 있었다.

"베였어?"

"네, 조금……."

마논은 침이 약간 묻은 검지를 이쪽에 보여주었다. 베인 상처에서 조금씩 피가 새어 나오고 있었다.

"마논. 균이 들어가면 위험하니까 곧장 물로 씻어야 해."

그렇게 말하며 마논의 팔을 잡고 물이 흐르는 수도꼭지 아래로 끌고 간 것은,

"잠깐, 직접 할 수 있어요."

"됐으니까 얼른."

놀랍게도 리아였다.

리아는 쓰지 않는 손을 들어 마논의 머리를 살짝 쓰다듬었다.

"많이 아파? 괜찮아?"

"괘, 괜찮은…… 데요……?"

동갑인 데다, 심지어 그 메구로 리아가 자기 머리를 쓰

다듬고 있다는 사실에 혼란스러워하는 마논.

"받아. 이거 깨끗한 수건이야."

리아는 주머니에서 작은 수건을 꺼내더니 그것을 다 씻은 상처에 꼭 묶어준다.

"이제 자기 심장보다 손을 위로 올리고 여기 앉아 있어."

"죄, 죄송합니다……."

"괜찮아, 이건 언니가 할 일이니까."

"언니라고요?"

"어?"

리아는 그 한마디에 뒤늦게 정신을 차린 표정을 짓더니,

"……아무것도 아니야♡"

얼버무리듯 웃어넘겼다.

그 모습을 보면서 나는 디아슬리에서 들었던 말이 떠올랐다.

『너무 무겁게 받아들이지 않았으면 좋겠는데…… 리아한테는 아빠가 없어.』

『그래서 엄마와 여동생 아야메랑 셋이 살거든.』

일하러 나가 있는 어머니와 리아 대신 여동생이 식사를 준비하거나 다른 집안일을 했을지도 모른다. 그리고 그런 여동생이 상처를 입었을 때 반창고를 붙여주는 것은 어머니나 리아의 몫이었겠지.

지금까지 본 적 없던 리아의 일면에 놀라서 감탄하고 있

을 때였다.

“와아! 굉장하다! 불기둥!”

“잠깐, 탄다, 탄다, 타! 다 탔잖아!”

……어느새 유우가 스테이크 고기를 숯덩이로 만들고 있었다.

“응? 내가 잘못했다니까.”

“딱히 화 안 났어.”

“거짓말. 비꼬는 것처럼 그렇게 억지로 먹을 필요 없잖아. 맛없지?”

내 왼쪽 옆에 앉은 유우가 조마조마한 얼굴로 나를 보고 있었다. 새카맣게 탄 스테이크 고기(였던 무언가)를 먹는 나를.

“딱히 비꼬는 거 아니야. 단순히 아까울 뿐이지. 내가 산 게 아니라 가격은 모르겠지만 애초에 저렴한 스테이크 고기라는 건 없으니까. 게다가 유우에게 굽는 역할을 맡긴 내 책임이기도 하고.”

남들이 한 일도 전부 나에게 책임이 있다고 생각하고 살아가는 것은 인맥 미니멀리스트인 나의 신조다.

“유우, 역시 유튜버♡ 불꽃 튀기는 게 특기구나♡”

“너 진짜…….”

끄으응…… 하고 유우는 이를 꼭 무는가 싶더니,

"정말, 알았어! 나도 먹을 거야."

내 접시의 검은 덩어리 끝을 포크로 찌른 유우가 그것을 입으로 가져갔다.

"써……!"

혀를 쏙 내미는 유우. 반사적으로 다른 쪽으로 시선을 돌렸다.

그러자 칸다가 히죽히죽 웃고 있다.

"히라카와는 여자아이 혀에 약해?"

아니, 아무 말도 안 했는데요? 다시 시선을 돌린 곳에서는 마논이 가만히 나를 보고 있었다.

"……변태군요, 오빠는."

"아니, 아닌데?"

아니 혀에는 약하지만 변태는 아닌데? 분명 남자들 대부분이 그럴걸? 오빠 친구가 없어서 통계를 낼 순 없겠지만…….

"그것보다 마논. 상처는 괜찮아?"

"네, 이제 충분히……."

그렇게 말하려던 마논이 다시 말을 이었다.

"아니요, 틀렸어요. 전혀 안 괜찮아요. 포크도 못 들겠어요."

그녀가 지금까지 들고 있던 포크를 달그락, 하고 떨어뜨리더니 작은 입을 이쪽을 향해 벌린다.

"……먹여달라고?"

"예부터 다친 여동생에게 밥을 먹여주는 건 오빠로서 당연한 의무라고 생각하는데요."

"그래……."

이 논의는 계속해 봤자 아무것도 달라지지 않는다. 차라리 빠르게 포기하고 따르는 것이 효율적이다. 나는 곧장 포크를 들었다.

"그건 그렇고 내 접시에는 이거밖에 없는데. 이 스테이크 고기였던 걸로도 괜찮겠어?"

"네, 괜찮아요."

괜찮구나. 의외다.

"치사해애! 마논의 상처는 이미 피도 멎었는데!"

리아는 그렇게 말하더니 조금 전 직접 감아준 수건을 풀었다.

확인해 보니 상처는 피가 멈춘 것 같았다. 처음부터 깊게는 베이지 않았던 것 같아 안심했다. 다행이다.

"있지, 있지. 신이치 군! 리아도 먹여줘!"

"안 돼요, 리아 씨. 오빠는 리아의 오빠가 아니니까요. 먹여주는 건 오빠의 의무이지 단순한 친구의 의무가 아니에요."

"그럼 리아도 오빠 갖고 싶어!"

"두 사람, 아까까지 사이좋게 지내지 않았어……?"

그건 그렇고 아까까지 언니 모드였던 리아는 어디로 갔을까?

식사를 끝냈을 무렵, 나의 스마트 워치가 【운명의 선택】을 재촉하는 경보를 울렸다.

나로서도 슬슬 인원을 좁히고 싶은 참이었다.

스마트 워치를 조작하자 『불꽃』, 『늑대 게임』, 『천체 관측』……등등, 앞으로 어떻게 보낼지에 대한 선택지에 넣기 위한 선택지(복잡하다)가 나왔다.

거기서 나는 이런 【운명의 선택】을 내보냈다.

===

【운명의 선택】

앞으로 뭘 하면서 보낼까?

A: 텐트사우나

B: 모닥불

===

"와, 쉽다♡"

"이해할 수 없어요. 마논의 상처는 완전히 다 나았는데요? 들어갈 수 있어요."

"으음, 좋은 선택지네!"

"재미를 붙였나 보네, 히라카와?"
그러면서 각자 선택한다. 그 결과는.

===
데이트 연장 진행자는 신이치 님과 마찬가지로 『B: 모닥불』을 선택한
시부야 유우 님
한 분입니다.
===

"에엑! 어째서? 같이 들어가자, 텐트 사우나! 응?"
리아가 내 팔을 잡고 붕붕 흔든다. 평소의 어리광 부리는 얼굴이 아니다. 필사적인 사우너의 눈을 하고 있었다.
"아니, 내가 선택하지 않아도 들어갈 수 있으니까 즐기고 와."
"신이치 군과 들어가고 싶은데요?!"
뭐야, 그 태클은.
"중요한 사실을 간과했어, 리아."
"뭔데……?"
"난 아직 동정이다."
내가 여자와 함께 사우나를 한다는 선택지를 스스로 선택할 리가 없다.

"뭐야! 그럼 빨리 졸업해!"

내 팔을 아까보다 더 강한 기세로 흔드는 리아. 아니, 무슨 소릴 하는 거야?

"아하, 히라카와가 사우나를 좋아한다는 걸 아는 세 사람을 유도하기 위한 함정 선택지였구나. 잘 생각해 보면 뻔한 함정이었는데 감쪽같이 걸려버렸네."

억울한 표정으로 아랫입술을 깨무는 칸다.

"이해할 수 없어요. 그렇게까지 해서 유우 씨와 단둘이 되고 싶었나요? ……마논을 같은 방식으로 선택해 줄 순 없었던 건가요?"

"미안, 유우에게 물어봐야 할 일이 있어서."

내가 그렇게 대답하자 마논은 고개를 숙였다.

"……오빠는 항상 그렇게 혼자 결정하고 마논이 없는 곳으로 가버리는군요."

"마논?"

평소와는 다른 침울한 톤에 살짝 당황했다.

"……적어도 머리를 쓰다듬는 융통성을 보여주는 건 어때요?"

"어?"

"봐요, 동생 머리가 여기 있잖아요. 예부터 풀이 죽은 여동생의 머리를 쓰다듬는 건 오빠의 의무라고 생각하는데요?"

자요, 자, 하면서 머리를 가까이 가져오는 마논.

"신."

그 압력에 내가 항복할 뻔한 순간, 유우가 그 손을 잡아챘다.

"가자?"

"정말이지 도둑고양이처럼……!"

"미안해, 마논."

노려보는 마논에게 유우가 혀를 살짝 내밀었다.

"나, 여기가 인생의 승부처거든."

모닥불 앞, 2인용 접이식 벤치에 앉았다.

"불만 봐도 의외로 질리지 않는 것 같아."

"……그러게."

유우는 그 어느 때보다도 감성적인 분위기로 내 팔에 착 달라붙어 있었다.

평소 유우의 모습과의 갭을 느끼고 두근거리는 자신이 있었다.

나는 그런 스스로를 간파하고 고개를 흔들며, 모닥불에 불을 지피기 위한 장작을 작은 톱으로 잘랐다.

"잠깐, 나도 해볼래."

그때 유우가 손을 내밀어왔다.

"자, 여기."

"고마워! 오오, 재밌네, 이거."

유우는 한동안 장작을 베는 작업을 이어가는가 싶더니, 게슴츠레한 눈빛을 내게로 향하며 물었다.

"……너도, 내가 불꽃 튀는 일만 좋아한다고 생각하는 건 아니지?"

"그런 생각 안 해……."

"흐음, 그렇다면 다행이지만."

그렇게 말하며 톱을 놓고 자른 장작을 모닥불에 던져넣는다.

"……유우, 슬슬 말하지 않을래?"

"뭐를?"

"이해할 수 없는 행동의 이유를."

"이해할 수 없다니, 뭐가?"

유우가 고개를 갸우뚱했다.

"뭐랄까…… 어제도 그렇고 오늘도 포옹하거나 손을 잡거나. 시즌1 때는 그런 거 안 했잖아."

"아, 그거 말이지."

유우는 후후, 하고 미소 지었다.

"내가 확인해 보려고 그런 거야."

"확인하려 했다고?"

끄덕, 고개를 끄덕인다.

"괌에서 리아가 신이랑 달라붙어 있었잖아? 왜, 신이 리아한테 키스했을 때."

"키스한 거 아닌데?"

이름이 불려 고개를 돌린 끝에 리아의 뺨이 있었던 것뿐이다. 사실관계는 중요하다.

나의 변명을 무시하고 유우는 이야기를 계속했다.

"그런 건 영상 기준으로 봤을 땐 엄청 반응 좋을 장면이라고 생각하거든. 예고편을 만들게 되면 반드시 넣게 되는 장면이니까, 오히려 입술에 하라면서 화를 냈어도 좋을 정도라고 생각해. ……원래였다면 말이야."

거기서 잠시 숨을 고른 유우가 말을 이었다.

"그런데 나, 정말로 싫었어."

"싫다……?"

유우의 말뜻을 점점 알아차렸다. 알아차렸기 때문에 그 사실에 놀랐다.

"이 감정은 대체 뭔가 싶었지. 의미가 너무 불분명해. 그야 시즌1의 규칙 설명 전인 드링크 파티 때는 리아와 사키호가 신을 사이에 두고 서로 노려보는 모습을 찍으면서도 더 해달라고 생각했거든? 왜 상황이 바뀌지 않았는데 느끼는 감정이 바뀐 거지? 그런 건, 그러면……."

거기까지 말한 유우는 인정하고 싶지 않다는 듯, 하지만 싹을 틔운 그 감정이 소중하다는 듯 복잡한 표정으로,

"나 자신이 변했다고 생각할 수밖에 없잖아?"

그렇게 말했다.

"그래서 라이브러리에서 여러 조사를 했어. 답은 금방 나왔어. 그건 질투라는 감정이래. 질투한다는 건 즉…… 그런 거라고. 그렇다면, 정말 그런 게 맞는지 확인할 필요가 있다고 생각했어."

"그래서 그런 이상한 스킨십을……."

나는 볼을 긁적였다.

"신은 어떻게 생각했어? 내가 안거나 손을 잡았을 때."

"나는, 딱히……."

"아무런…… 느낌도 없었어?"

불안하게 눈동자를 흔들며 내 얼굴을 들여다보는 유우.

모닥불 불빛에 비친 모습이 묘하게 어른스러운 분위기를 자아냈다.

그녀의 삶의 방식을 나는 귀엽다고 생각하고 멋지다고 생각한다.

하지만 그녀를 고를지 어떨지 모르는 이상 부주의한 말은 족쇄가 될 뿐이다.

"……응. 전혀."

"……그렇구나."

아쉽다는 듯 웃는 유우. 그런 얼굴은 하지 않았으면 했지만, 철회할 말을, 권리를, 나는 가지고 있지 않았다.

"그럼 이건 어때?"

유우는 옆에서 나를 꼭 껴안더니,

"……음."

"……!"

내 볼에 살짝 입술을 가져갔다.

"이걸로도, 아무것도 느껴지지 않아?"

무심코 느껴버리거나 생각해 버리는 것은 죄를 묻지 않을지도 모른다.

"……응."

하지만 여기서 그녀의 기분을 안이하게 받아들이는 것은 분명 죄가 될 것이다.

"흐음. 뭐, 너의 그런 점을…… 그렇게 느껴버린 건지도 모르겠네."

유우는 내게서 조금 몸을 떼고 이쪽을 다시 바라본다.

"나, 평범한 건 정말 싫어."

"아아, 그렇겠지. ……무슨 얘기야?"

"평범한 일은 말하고 싶지도 않고 하고 싶지도 않아. 하지만 '이건' 그야말로 온 세상이 다 할 정도로 평범한 일이잖아? 정말 최악의 기분이야."

그녀는 말과는 달리 상냥하게 미소 지었다.

"하지만 딱 한 번, 그 말을 입에 담아줄게. 오직 신만을 위해서. 그러니 잘 들어?"

유우는 그렇게 말하면서 얼굴을 붉히며 살며시 나를 끌

어안았다.

내 어깨에 턱을 얹고 꿈을 꾸는 듯한 목소리로 그녀가 속삭였다.

"네가 정말 좋아, 신."

## 제5장(뒷막)
## 어딘가 이상한 두 사람

"더워요. 뜨거워요. 폭염이에요. 작열이에요."

"으하아, 온기가 스며든다……."

옆에서는 리아 씨가 아저씨 같은 소리를 하면서 눈을 감고 있습니다.

하지만 탄탄한 피부에 솟아오른 구슬 같은 땀이 주르륵…… 하고 풍만한 가슴골로 미끄러져 내려가는 모습은 동성이 보기에도 너무 야합니다. 아아, 야해라.

이해할 수 없어요. 리아 씨와 마논은 동갑인데 어떻게 이렇게 차이가 나는 거죠? 차이가 나는 것에 생물학적으로 뭔가 의미가 있는 걸까요?

아니, 마논도 가슴을 펴면 조금 정도는…… 하고 노력해 보았지만, 현실이 더욱 부각될 뿐입니다.

달리기 결승점 카메라처럼 옆에서 촬영된다고 상상하고 의자에서 몸을 좀 빼서 앉아봤습니다. 응, 이걸로 골 지점은 똑같네요.

……마논은 뭘 필사적으로 하는 걸까요.

차라리 레오나 씨가 있었다면 균형이 잘 맞았을 텐데요.

텐트 사우나에는 결국 마논과 리아 씨 둘이 들어왔습니다.

탈의실 대신 텐트에서 수영복으로 갈아입고 텐트 사우나가 있는 정원 같은 곳으로 나오자, 여전히 옷을 입고 있는 레오나 씨가 "난 잠깐 나갔다 올게"라고 말했습니다.

"이해할 수 없어요. 레오나 씨는 조금 전【운명의 선택】에서 텐트 사우나를 선택하지 않았나요? 선택지대로 움직이지 않아도 되는 건가요……?"

마논이 그렇게 물었다.

"아하하, 나와 시나가와가 둘이 비치플래그를 했을 것 같아?"

"듣고 보니……."

그런 의미에서 보면 마논도 아까 졌을 때 혼자 '변태라고 부르는 데이트'를 한 것은 아닙니다.

정론을 듣고 납득한 뒤, 탈의실로 돌아가려는 마논의 등에 달콤한 향기와 부드러운 탄력감이 밀려왔습니다.

"자자, 빨리 들어가자, 마논!♡"

"잠깐만요, 리아 씨, 안 들어가도 된다면 마논도 딱히 사우나에 관심이 있는 건 아닌……."

"안 돼, 안 들려~♡"

"아하하, 잘 다녀와."

그것이 바로 10분쯤 전의 일.

……그럴 텐데, 마치 먼 옛날의 일처럼 느껴집니다.

이곳은 시간의 흐름이 한없이 느린 텐트 같습니다. 이해할 수 없어요. 뭐가 즐거운 거죠, 이 작열 지옥이…….

어지러움을 느끼던 그때.

"히익?!"

가슴팍에 전기가 느껴졌습니다.

"아, 목소리 귀여워♡"

확인해 보니 리아 씨가 갑자기 마논의 왼쪽 가슴을 만지고 있었습니다.

"부, 부부, 부부부불쾌해요! 리아 씨에게는 정조라는 게 없나요?"

"에엥~ 안 돼?♡"

요염한 눈빛으로 고개를 갸웃하는 리아 씨.

"그, 그그그런 말이 아니라, 그러니까……!"

"농담이야♡"

리아 씨가 히죽 웃었습니다.

"물론 마논이라면 얼마든지 가능은 하지만, 지금 건 그런 게 아니라 마논의 심박수를 잰 거야."

"……네?"

전제로 살짝 중대한 정보가 들어 있었던 것 같은데, 더는 머리가 돌아가지 않습니다. 눈이 돌아가요. 빙글빙글.

"BPM 140이 넘었으니까 슬슬 나갈까♡"

"비피에엠……?"

"자, 일어설까. 천천히."

리아 씨가 마논의 손을 잡고 마논을 천천히 일으켜 세웁니다.

텐트 밖으로 나오자, 늦여름의 시원한 바람이 마논의 몸을 감쌌습니다.

아아, 이 해방감, 기분 좋아……!

"후아…… 그렇군요. 이것이 '되살아난다'는 느낌이군요……."

"아닌데?♡"

"……네?"

"지금부터가 진짜♡"

리아 씨가 가리킨 끝에는.

"우물물을 담아둔 냉탕이야♡"

"……어?"

냉수 목욕이라니 그런 걸 했다간…… 심장 발작을 일으켜서 죽으면 어떡해요? 아니, 하지만 화끈해진 몸이 원하는 것 같기도 하고……?

"사우나의 늪에 오게 된 걸 환영해♡"

다음 순간, 리아 씨에 의해 냉수 욕탕으로 끌려가고 있었습니다.

싸아아…… 냉수 속에서 온몸에 소름이 돋아났습니다. 동시에 한 번 열에 녹아내렸던 의식이 다시금 각성하며 파직, 하고 하늘을 향해 뻗어나가는 얼음기둥처럼 곤두서는 듯한 감각이 느껴졌습니다.

"리, 리아 씨, 이거 괜찮은 거예요……?!"

"괜찮아, 괜찮아……. 아아…… 냉탕에 몸이 시원하게 식는다아……♡ 아, 앞으로 10초만 더 버텨줘♡"

"흐엑……!"

결국 10초 정도가 아니라 1분 정도 어깨를 눌려 잠긴 후에야 밖으로 나와 갑판 의자에 누울 수 있었습니다.

너무나 가혹한 환경의 변화에서 벗어나 겨우 마음이 진정돼 눈을 감고 있는데, 후욱…… 하고 세계가 마논을 중심으로 돌기 시작하고, 지구와 동화되고, 이상해요, 아아, 너무 이상해요…….

……결국 감쪽같이 '되살아나는' 감각을 알아버린 후.

두 번째로 바깥바람을 쐬는 와중, 리아 씨가 질문을 했습니다.

"마논, 상처는 안 아파?"

"……덕분에요."

"에헤헤, 그럼 다행이야."

수줍어하는 리아 씨에게 마논도 질문을 해 봤습니다.

"왜 레오나 씨는 놔줬는데 마논은 보내주지 않았나요?"

"보내주길 원했어?"

……실수했어요, 뭔가 야한 말 같아요.

"……뭐, 지금은 고맙지만요."

생각보다는 나쁘지 않았어요.

"신이치 군을 좋아하니까. 당연히 마논도 좋아하는 거지."

"이해할 수 없어요. 마논과 오빠는 피가 이어진 남매가 아닌데요?"

"알고 있어. ……뭐, 그런 부분을 물어보고 싶어서 그런 걸까."

"네?"

고개를 갸웃하는데 옆 갑판 의자에 앉은 리아 씨가 몸을 뒤척이며 이쪽을 향해 왔습니다.

"아까 '왜 마논만 붙잡았어?'라는 질문에 대한 대답. 마논이 신이치 군을 어떻게 생각하는지 물어보고 싶었어."

"오빠를, 말인가요……?"

"응."

거기서 잠시 숨을 고르고 리아 씨가 다시 입을 열었습니다.

"있지, 마논은 신이치를 좋아해?"

"아니요, 좋아하는 건 아닙니다만……."

자신도 좀 애매모호한 대답이라고 느꼈습니다. 다만 마논이 여기에 온 것은 오빠를 좋아해서 그런 것이 아니라…….

"그럼 말이야, 마논."

어지럽게 도는 사고를 가로막듯이 리아 씨가 말합니다.

"신이치 군을 리이에게 주지 않을래?"

"……주지 않을 거예요, 절대로."

생각보다 날카로워진 자신의 목소리에 스스로 놀라면서, 그렇지만 되도록 의연하게 대답했습니다.

"역시 안 되나~."

리아 씨는 다시 하늘을 올려다보는 자세로 돌아갔습니다.

"그럼 마논은 오빠 신이치랑 남편 신이치 중 어느 쪽이 좋아?"

"이해할 수 없어요. 거기에 무슨 차이가 있죠? 둘 다 가족이에요."

"전혀 아닌데?"

"……마논은 모르겠어요."

"흐음."

납득하지 못한 듯한 리아 씨의 대답에 마논은 눈을 감았습니다.

"오늘 '오빠 데이트'랑 '변태 데이트' 중에 선택했을 때, 마논은 오빠 데이트를 선택하지 않았잖아? 그걸 보고 '오빠'라는 점에 굉장히 집착하고 있다고 느꼈어."

"……몰라요. 적에게 정보를 제공할 만큼 마논은 어리석지 않습니다."

묵비권을 행사했습니다.

"……적이라."

조금 쓸쓸해 보이는 목소리가 들려왔습니다.

"신이치 군과 결혼하면 마논은 리이의 시누이가 되니까, 그것도 재밌을 것 같았는데."

그런 묘한 망상을 흘려들으며,

"……뭐, 그것도 나쁘지는 않지만요."

아주 작은 목소리로 마논의 입에서 흘러나온 말.

"어?"

"아무것도 아니에요, 말 걸지 말아주세요."

"어, 지금 리이의 여동생이 되고 싶다고 했지?♡"

지옥귀 같은 소악마가 멈추지 않고 추궁해 옵니다.

"이해할 수 없어요. 마논이 그런 말을 할 이유가 어디 있어요? 정신이 이상해진 거 아닌가요?"

"에엥, 더 말해줘어♡"

"아무 말도 안 했다고 하잖아요."

"치이. 상관없어, 리이의 마음속에 남아있는걸♡ 리이, 한 번 들은 건 잊지 않는 타입의 아이돌이니까♡"

그게 뭔데요…….

그리고 거기서 문득, 정말로 아무래도 상관없는 무언가가 궁금해서 물어보았습니다.

"그러고 보니 리아 씨 생일은 언제인가요?"

"엥, 몰라? 위키에 실려 있는데? 10월11일!"

"어."

"어?"

마논의 반응에 꿀꺽, 하고 리아 씨가 침을 삼키는 소리를 냈습니다.

"……마논은?"

"……9월 4일이요."

"…………허어, 마논이 언니구나……."

"그러게요……."

두 사람의 뭐라 형언할 수 없는 중얼거림이 무인도 밤하늘에 녹아들었습니다.

## 제6장

## Round4: 불꽃과 불꽃

유우에게 듣고 싶었던 내용도 들었고, ……그보단 듣고 싶었던 것 이상의 것을 들어버린 나는 【운명의 선택】으로 두 사람의 시간을 끝내자고 제안했다.

===

【운명의 선택】

앞으로 어떻게 할까?

A: 신부 후보를 부활시킨다

B: 이대로 둘이서 지낸다

===

칸다와의 1on1을 끝냈을 때와 같은 질문.

『어차피 리셋될 거라면 적어도 같은 의견으로 하고 싶었어.』

칸다는 A라고 대답한 질문에 유우는 『B: 이대로 둘이서 지낸다』라고 대답한 것 같았다.

===

신이치 님과 마찬가지로 『A: 신부 후보를 부활시킨다』를 선택한 분은 없었습니다.

===

"B를 선택했구나."

"당연하지. 무리라는 걸 알아도, 무의미하다는 걸 알아도 나는 내가 옳다고 생각한 걸 선택할 거야."

한쪽 눈을 감으며 어깨를 으쓱하는 유우.

"나의 삶의 방식은 그런 걸로는 흔들리지 않으니까 말이지."

이리하여 다시 신부 후보 5명이 남섬 현수교 근처에 집합하게 되었다.

"이해할 수 없어요…… 세상이 아름다워요……."

"괜찮아?♡"

텐트 사우나 쪽에서 마논과 리아가 찾아온다. 그렇구나, 마논도 눈을 떴구나……(바로 이해함).

다른 방향 쪽에서는,

"안녕, 히라카와."

"신이치, 오랜만이야……!"

칸다와 사키호가 나타났다.

"어? 칸다는 텐트 사우나에 안 들어갔어?"

"아하하, 본인 말고도 다들 사우나를 좋아한다고 생각하는 건 사우나를 즐기는 사람의 좋지 못한 편견이야. 나는 사우나 별로 안 좋아하거든. 히라카와가 없다면 딱히 들어갈 이유는 없어."

"아, 응……."

그게 뭐야, 기뻐해야 하나? 슬퍼해야 하나? 일단 반성은 하겠습니다…….

"나는 그냥 좀…… 산책했어."

"그래, 오늘이 신월이구나."

배 위에서 했던 칸다의 예상은 정답이었다. 하늘을 올려다보니 배 위에서 본 것보다 별이 더 선명하게 보이는 느낌이었다.

"사키호를 불러서 같이 간 거야?"

"아니, 도중에 시나가와랑 만났어."

"아아, 오랜만에 느끼는 신이치 성분……."

사키호가 무슨 양분이라도 찾는 듯한 몸짓으로 내 팔을 안았다.

그때 어깨에 닿는 감촉에 고개를 갸우뚱했다.

"머리 젖었어? 목욕은 안 한 거 아니었어?"

"어, 머리?"

사키호가 머리를 누르자,

"잠깐 수영을 했거든."

칸다가 옆에서 살짝 말을 덧붙였다.

"섬에 온 이후로 수영을 한 번도 안 해봐서. 바다에 떠서 밤하늘이라도 볼까, 하고. 어쨌든 그 후에 옷은 갈아입었는데, 남섬에는 드라이기가 없어서 수건으로만 닦았더니 미처 다 못 닦았네."

"아니, 사키호는……."

말하려던 내 팔을 끌어안는 힘이 강해진다.

"시나가와는?"

"아아, 아니…… 아무것도 아니야."

일단 나는 창을 거두기로 했다. 그리고 그때.

"흐갸?! 그보다 유우, 뭘 들고 있는 거야?!"

"아, 이거?"

다른 창(실물)을 눈치챈 리아가 큰 소리를 냈고, 유우는 커버가 달린 작은 톱을 들어 칼집을 보여주듯 가슴 위로 내걸었다.

"톱이야. 아까 모닥불 피울 때 장작을 작게 쪼개는 데 사용했거든. 뭔가 멋있어서 가져왔어."

"여전히 초등학생 같네에……?"

"뭐어? 어디가?"

"어디냐니, 전부인데……."

나도 그렇게 생각한다. 그보다 언제 갖고 온 거지? 어두워서 몰랐다.

"유우, 위험하니까 저기 바위 위에 놔둬. 날이 밝으면 다시 가지러 오자."

나는 현수교 앞에 있는 바위를 가리켰다.

"으음…… 뭐, 알았어."

내키지 않는다는 느낌이었지만 유우는 의외로 순순히 내 말을 들었다.

"신이치 님."

"주조 씨?!"

이 밤의 어둠 속에서 갑자기 튀어나오면 무섭다고요!

"한 가지 규칙을 추가해 두겠습니다. 어제와 똑같이 22시 이후에 【운명의 선택】을 발송할 수는 없습니다. 22시 전에 마지막으로 내보낸 【운명의 선택】이 오늘 마지막 【운명의 선택】이 됩니다. 덧붙여 만약 21시 59분에 【운명의 선택】을 보낸다면 대답은 22시를 넘어도 유효합니다."

"알겠습니다."

현재 시각은 21시. 【운명의 선택】은 보낸다고 해도 앞으로 한두 번 정도겠지.

그렇다면 여기서 단번에 좁히고 싶은데…….

===

【운명의 선택】

어디서 밤을 보낼까?

A: 남섬

B: 북섬

===

띠링♪ 하고 스마트 워치가 알림을 울렸다.

"남섬이라면 텐트에서 자고, 북섬이라면 코티지에서 잔다는 뜻이 되겠네."

"그러고 보니 도착한 항구는 북섬이었는데 바로 남섬으로 건너와서 아직 코티지에는 가지 않았구나."

"리이랑 사키호는 어제 코티지에 묵었어♡"

"흐음, 어느 쪽이 정답일까……."

내가 내 선택을 하기 위해 스마트 워치를 바라보았다.

"잡았다♡"

그러자 리아가 맞은편에서 내 왼팔을 마치 난간 잡듯이 잡아챘다.

그리고 천천히 나를 바라보았다.

"……왜 그래?"

"6초간의 사랑 콘택트♡ 리이를 좋아하게 된다아♡"

그런 말을 들어봐야, 내가 보기엔 화면 너머라 리아의 눈을 보고 있다는 느낌이 들지 않아 여유롭게 마주 볼 수 있었다.

……그리고 그때야 리아의 진의를 깨달았다.

나는 눈을 감고 왼팔을 흔들어 리아를 뿌리쳤다.
"아앙♡"
"이상한 소리 내지 마……."
그대로 왼손으로 귓불을 가볍게 집었다가 원래대로 되돌렸다.
칸다를 힐끗 보자 작게 윙크가 돌아온다. 리아도 칸다도 윙크를 잘하네…….
그리고 결과 발표 시간이 되었다.

===
데이트 연장 진행자는 신이치 님과 마찬가지로 『A: 남섬』을 선택한
시나가와 사키호 님
메구로 리아 님
두 분입니다.
===

"우와, 최악이야. 당해 버렸어."
칸다가 손바닥을 이마에 대고 진심으로 분하다는 표정을 지어 보였다.
"히라카와, 내가 싫어졌어?"
"무슨 소리야?"

나는 능청스럽게 대답했다.

나는 분명히 칸다에게 'B를 선택한다'는 신호를 보냈다. 칸다가 문제 삼은 것은 내가 A를 선택한 점이겠지.

다만 아직 그 사실을 공개할 수는 없었다.

"이해할 수 없어요. 대체 뭘 한 건가요, 레오나 씨. 덕분에 마논까지……."

"응? 무슨 말이야?"

"……아무것도 아니에요."

아무래도 마논은 눈치채고 있던 것 같다.

『저녁은 어디서 뭘 먹을까?』라고 하는【운명의 선택】때 칸다가 장난스러운 동작으로 '어느 쪽인지 알려줘'라고 말했던 것을, 마논은 아마도 보고 있었던 거겠지.

『A를 선택하길 원한다면 오른손으로 코를 만지고, B를 선택하길 원한다면 왼손으로 귀를 만져줘.』

먼저 하는 게 A고 나중에 하는 게 B라는 것 정도는 마논 정도로 영리하면 쉽게 예상할 수 있었을 것이다.

그래서 사인을 훔쳐본 마논도 칸다와 마찬가지로 걸려버리고 만 것이다.

그건 그렇고.

"리아의 아까 그건 커닝이 되지 않는 건가?"

"응?♡ 리아는 무슨 말인지 모르겠어♡"

시치미를 떼는 리아.

나를 포함해 모두가 하나같이 시치미를 떼는 바람에, 능청스러운 얼굴로 서로의 행간을 읽어내려 애쓰는 하이컨텍스트같은 대화가 펼쳐지고 있었다.

리아는 내 눈을 화면 너머로 바라보면서 내 눈동자에 비친 화면을 보았다.

나는 그 사이에 선택은 하지 않았지만, A와 B 두 가지 선택지가 있는 위치만 기억해 두면 이후부턴 떨어져서 보고 있어도 내가 어느 쪽을 선택했는지 알 수 있었다.

유감스럽게도, 한번 표시된 선택지의 위치를 셔플하는 기능까지는 내장되어 있지 않았다.

그건 그렇고 꽤 머리를 썼네, 리아.

나머지는 유우와 사키호인데.

"유우는 여전히 내 길을 간다는 느낌이네에?"

"나는 단지 신도 그쪽을 선택하지 않을까 생각했을 뿐이야. 빗나간 건 아쉽게 됐네."

"오?"

리아가 의아한 표정을 지으며 고개를 갸우뚱했다.

"신이치 군에게는 아첨하지 않는다고 했지?"

"아첨 같은 건 안 해. 나는 나의 의사로 선택했을 뿐인데?"

"하지만 그럼……."

"나는 신과 가능한 한 함께 있고 싶어. 그것뿐이야."

"……!"

리아도 다른 3명도 진심으로 놀란 표정을 지어 보였다.

"저기, 시부야 씨? 아까 데이트에서 무슨 일이 있었던 걸까?"

"이 유학 중에 단둘이 지냈는데, 정말 아무 일도 없었을 것 같아?"

사키호의 질문에 당연하다는 듯이 유우가 그렇게 대답했다.

순간 찌릿, 하는 공기가 주변으로 퍼져나갔다.

"그건 그렇고 사키호, 드디어 맞췄네? 처음 아니야?"

유우는 그 분위기를 느낀 것인지 아닌지, 곧바로 그런 질문을 날렸다.

"모두가 섬에 와서 첫 번째로 한 【운명의 선택】, 남섬에서 지낸다는 것도 맞췄는데?"

"그건 다 맞춘 거고, 신이 사키호한테 맞춰줬던 거잖아? 그 이외에는 모든 게 다 오답이었지."

"……!"

이를 깨물며 노려보는 사키호를 보면서 나는 저녁을 준비하고 있을 때 들었던 리아의 말이 생각났다.

……그리고 그때.

"아하. 이제야 알았어. 시즌1과 왜 다른가 했네."

칸다가 팽팽한 공기를 수습하듯 말문을 열었다.

"무슨 뜻이야?"

인상을 찌푸리는 유우에게 칸다가 대답했다.

"히라카와는 우리 중 누군가와 단둘이 있을 수 있는 기회를 노리고 있어."

"신이? 우리들이 아니라?"

"그래, 거기가 시즌1과의 다른 점이야."

칸다가 검지를 하늘로 치켜들었다.

"이대로 가면 히라카와가 다음에 내보낼 선택지는……. 아무것도 하지 않으면 2분의 1 확률로 상대와 단둘이 있게 되겠지."

사키호의 얼굴이 굳어졌고, 리아는 아직도 머리 위에 물음표를 떠올리고 있었다.

칸다는 정말로 지금 깨달은 건가? 그렇다면 일부러 그것을 모두 앞에서 말하는 의미는 뭐지?

"……아니, 나 지금 뭘 한 거야. 그런 거 알려줘 봐야 아무 메리트도 없는데. 아하하, 뭔가 히라카와에 대해 알게 된 게 기뻐서 나도 모르게 술술……."

"하지만 네가 말실수를 해 줘서 다행이야! 앞으로 잘 활용할게."

유우는 솔직하게 반응했다.

"뭐, 유우는 내일 아침까지는 쉬어야겠지만♡"

점점 진실이 드러나고 있었다.

마논, 유우, 칸다가 떠나고 리아, 사키호, 나 이렇게 3명이 남았다.

"뭐 할 거야아?"

"글쎄……."

그렇다고는 해도 캄캄한 공간 안에서 할 수 있는 일이란 솔직히 거의 없었다.

조금 전까지는 모닥불을 피우고 있었지만…… 그때 문득 아까 바비큐 후에 했던 【운명의 선택】에서 AI가 제안해 왔던 선택지를 떠올렸다. 아마 그런 것이 준비되어 있다는 뜻이겠지.

"불꽃놀이 할까?"

"어라. 신이치, 【운명의 선택】은 안 하는 거야?"

"해 줬으면 좋겠어?"

"……난 리아를 격리하고 싶을 뿐인데?"

"사키호는 왜 그런 당연한 말을 하는 거야아?"

……리아의 말 대로다.

"좋아, 불꽃놀이 하자."

말을 가로막듯이, 얼버무리듯이 사키호는 걷기 시작했다.

성냥과 물이 든 통을 준비하고 모래사장에서 불꽃놀이를 시작했다.

"그러고 보니 리아, 계속 궁금했었는데."

"응?"
"신이치 군을 다들 피했던 건 초등학교 때부터였지?"
"그렇긴 한데……. 갑자기 뭐야?"
엄청 거침없이 파고드네.
"사키호는 그런 상황에서 신이치 군을 좋아하게 된 거야? 어제 너무 심심해서 사키호의 첫사랑 얘기를 들었는데, 그건 초등학교 6학년 때였지? 그때는 이미 신이치를 주위에서 피했던 시기 아니야?"
"그건…… 그렇지."
초등학교 6학년 수학여행 때, 내가 부주의하게 내뱉은 한마디에 사키호가 뭔가를 느꼈다고 한 그 이야기였다.
하지만 지금 다시 생각해 보면, 그때 이미 외면당하고 있던 내가 스타벅스에서 말을 걸었을 때 그녀가 '일반적인 친구'처럼 자연스럽게 대답해 준 것이 반대로 부자연스러웠을지도 모른다. 비록 친구들이 자신을 두고 갔다는 외로움이 있었다고 해도 말이다.
"신이치가 피했다는 건…… 아니, 다들 신이치를 피했다는 건……."
"굳이 고쳐서 말 안 해도 돼."
"피했다는 건, 딱히 신이치 자체가 미움을 받은 게 아니라 다들 신이치의 아빠를 무서워했던 것뿐이잖아?"
"그렇구나아?"

"뭐, 그렇지……."

올려다보며 묻는 리아의 말에 나는 고개를 끄덕인다.

"하지만 나에게는 신이치의 아빠가 그렇게 무서운 사람처럼 느껴지지 않았어"

"어째서?"

"으음. 생명의 은인이라서 그런가?"

"생명의 은인?"

상상 이상으로 무거운 말에 리아가 재차 물었다.

"……아, 그게, 그렇게 대단한 건 아니야."

사키호는 앞머리를 조물조물 만지작거리며 대답했다.

"그…… 신이치의 아빠가 없었다면 신이치는 태어나지 않았을 거잖아? 그러니까 그…… 생명의 은인인 거지."

"흐음?"

다소 무리가 있는 것처럼 느껴지는 그 대답에, 리아는 결국 무언가를 생각해 낸 것일까.

"역시 사키호는 신이치 군이 삶의 이유구나?♡"

그렇게 말하며 사키호의 얼굴을 들여다본다.

삶의 이유. 그 말에 내 귀가 반응했다.

『날 삶의 이유로 삼지 않았으면 했어.』

그건 그날 내가 오사키한테 한 말이었으니까.

"음. 삶의 이유와는 좀 달라."

하지만 사키호는 생각보다 냉정하게 그것을 부정했다.

"신이치의 행복한 얼굴을 빠짐없이 다 보고 싶은 건 사실이야. 그걸 하나라도 놓치고 있을지도 모른다는 생각만으로 정신이 나가버릴 것 같아."

"정신이 나가버리는구나……."

"하지만 삶의 이유는 아니야. 내가 신이치와 함께 있고 싶은 이유는……."

거기까지 말하고 나서 나를 보더니 "으아"라는 말만 하고는,

"아무것도 아니야……!"

그러면서 고개를 숙여버린다.

"이제 와서 부끄러워할 게 있어?"

"아무것도, 아니야……!"

리아와 나는 눈을 마주치고 서로 고개를 갸우뚱했다.

이제 곧 22시.

우리는 텐트 옆으로 이동했다.

빨간색 텐트와 파란색 텐트 두 개가 펼쳐져 있고, 각각의 안에 더블 침대 크기의 매트리스가 놓여 있었다. 시트도 깔끔하게 씌워져 있어서 역시 캠핑이라기보다는 글램핑이라는 느낌이었다.

"저기, 신이치 군? 그러고 보니 아까 레오나가 말했던 게 정말이야? 신이치 군이 누군가와 단둘이 있고 싶어한

다는 거."

"뭐 그렇지. 모두의 선택에 혼란이 있을 것 같아서 되도록 말 안 하려고 했는데, 이미 들켰다면 숨기는 의미도 없겠지."

차라리 그걸 이용하도록 하자.

"그러니까, 두 사람에게 부탁이 있어."

나는【운명의 선택】을 발송했다.

===

【운명의 선택】

어느 쪽에서 잘까?

A: 빨간색 텐트

B: 파란색 텐트

===

"우와 스트레이트으……!"

"빨간색과 파랑색을 각자 골라줬으면 좋겠어."

사키호는 아랫입술을 깨물고 이쪽을 바라보았다.

"……난 신이치랑 단둘이 자고 싶은데?"

"당연히 리이도 같이 자고 싶겠지?♡"

"그렇지? 그러니까 말이야."

그리고 사키호는 그 눈에 검은 불꽃을 드리우며 나를 바라보았다.

“신이치한테, 둘 중 하나를 골라달라고 하자.”

“……아하, 좋네♡”

역시 그렇게 나오는구나.

“그럼 나는 빨간색 텐트로.”

“그럼 리이는 파란색 텐트로 할게♡”

사키호는 빨간색 텐트 옆에 서 있고 리아는 파란색 텐트 쪽에 서서 윈도우를 조작했다.

그리고 두 사람이 나를 쳐다보았다.

““자, 어느 쪽을 선택할 거야?””

이것이 오늘의 마지막 【운명의 선택】이다. 그렇다면 내가 선택해야 할 것은…….

“……이쪽.”

나는 사키호가 선택했다고 선언한 『A: 빨간색 텐트』를 선택했다.

그러자 화면에 이런 문구가 뜬다.

===

신이치 님과 마찬가지로 『A: 빨간색 텐트』를 선택한 분은 없습니다.

===

"어째서……?"

얼굴을 찌푸린 리아를 보며 사키호는 빛이 꺼진 눈으로 대답한다.

"……이렇게 하면, 신이치와 리아가 단둘이 보내게 되는 일은, 없을 테니까."

시간은 22시가 넘었다.

나는 그날 밤, 신부 후보 전원과 떨어지게 되었다.

## 제7장
## 그녀는 언니처럼 웃는다

"우어어어어어……!"

혼잣말이라고 해도 소리 내어 내 의식을 다른 곳으로 돌리지 않으면 견딜 수 없었다.

나는 지금 북섬과 남섬을 연결하는 현수교를 건너고 있다. 어두운 신월 덕분에 아래가 보이지 않는 것이 차라리 다행이었다.

출렁출렁, 상당히 불안정한 흔들림이 느껴지는 그 다리를 건너면서까지 내가 목표로 하는 목적지── 그것은, 주조 씨가 머물고 있는 코티지였다.

그 목적은 당연하지만, 밤에 몰래 잠입하려는 것은 아니었다.

사키호가 나를, 나와 같은 선택지가 되는 것을 피하고 있는 것은 분명했다.

그렇다면 주조 씨에게 확인해 두고 싶은 것이 있었다. 【운명의 선택】의 낭비는 되도록 피해야 했다.

"무서웠다……."

가까스로 현수교를 건넌 내가 주조 씨의 코티지로 다가가자.

어째서인지 주조 씨는 코티지 밖에 있었다.

내가 회중전등으로 빛을 비추자, 날 눈치챘는지, 끼기기각…… 하는 둔탁한 소리를 내며 이쪽을 돌아봤다.

"시, 신이치 님……!"

"뭐 하고 계세요……?"

"개, 개개개개."

"개?"

"개구리예요, 신이치 님……!"

손전등으로 주조 씨의 몸 앞쪽을 비추자, 커다란 개구리가 코티지의 문 앞에 당당하게 자리하고 있었다.

이걸로 확정이구나. 역시 파충류나 양서류를 무서워하는 것 같다.

"주조 씨, 개구리나 도마뱀을 싫어하시면 왜 무인도 같은 걸 고르신 거예요? 무조건 나오잖아요……."

"카에데 님께 받은 계획서에 적혀 있었으니까요……."

"그건 그럴지도 모르지만, 의리 있다고 해야 할지 충성심이 강하다고 해야 할지…… 어머니께 무슨 은혜라도 받았어요?"

"이 상황에서 그렇게 길어질 것 같은 이야기를 시작할 수 있을까요……?!"

목소리를 떨며 호소하는 주조 씨. 확실히 그렇다.

"그러면 일단 쫓아낼게요……."

그렇게 말한 순간, 바스락 소리가 났다.

"히이이익!"

"꾸엑."

주조 씨가 내게 돌진해 왔다. 아니, 아닌가. 끌어안은 건가?

그 이유는 분명했다. 개구리가 주조 씨의 구두 위로 뛰어오른 것이다.

내 가슴팍에 지금까지 그 어떤 신부 후보에게서도 느껴본 적 없던 압도적인 중압감이 밀려왔다.

"제발, 도와주세요……!"

그 어른스러운 압력과는 반대로 울먹이는 주조 씨의 목소리는 너무나 사랑스러웠다.

"아, 알았으니까요…… 목이 졸리고 있으니까 일단 놔주세요……."

"나중에 뭐든 다 얘기할 테니 먼저 도와주세요……!"

"아니, 그게 아니라……."

포기했다. 이대로 서로 다른 얘기를 하다가는 질식사하고 말 것이다.

나는 주조 씨에게 끌어안긴 채 쪼그리고 앉아 발밑에 떨어져 있던 적당한 길이의 가지를 주워 개구리 옆구리를 찰싹 때렸다.

그러자 조금 전까지의 당당한 태도는 어디론가 사라지

고 금세 떠나버린다.

"봐요, 다른 데로 갔어요."

내가 그렇게 말하자 껴안는 힘이 약해진다. 하지만 이번에는 기대오는 중력이 커졌다.

이윽고 주조 씨는 내 발밑에 무너져 내렸다.

"주조 씨……?"

"……다리에 힘이 풀렸어요."

"아니……."

주조 씨를 부축해 주며 코티지에 들어가 현관 앞에 앉혔다.

"감사합니다, 신이치 님……."

현관에 앉은 주조 씨가 나를 아래에서 올려다보았다. 앞으로 처진 두 팔이 거의 무의식적으로 가슴을 모으는 형태가 되어 가슴의 볼륨이 더욱 강조되었다.

나는 일단 시선을 돌렸다.

"아뇨……."

"그런데 저에게 뭔가 볼일이 있으신 건가요?"

조금 회복됐는지 또렷한 어조로 내게 묻는다.

"아, 주조 씨에게 물어보고 싶은 게 있었어요."

"뭐죠?"

"누군가를 지명하는 것과 거의 동등한 【운명의 선택】을 보낼 수도 있을까요?"

이 말만으로는 전해지지 않을 것 같아서 나는 "예를 들면……" 하고 구체적인 예시를 들었다.

"『어떤 멤버랑 놀까? A: 가족끼리만 논다 B: 동갑끼리 논다, 라는 【운명의 선택】을 내보내고 제가 A를 선택하면 마논을 지명할 수 있을 것 같거든요. 그런 건 가능한가 하고요."

"그런 질문은 규칙 위반이며 발송되지 않습니다."

"그렇군요……."

그렇다면 다른 방법을 생각해야 하나.

"알겠습니다, 감사합니다. 그럼 저는 돌아갈게요."

내가 발길을 돌리려는데 쭉, 하고 바지가 잡혔다.

"잠시만요, 신이치 님……!"

"뭔가요?"

"여기, 개구리 울음소리가 계속 들려요. 제가 목욕을 마치고 나올 때까지만이라도 괜찮으니까 여기 계시면 안 될까요……?"

……또 이 상황인가.

욕실 쪽에서 샤워 소리가 들렸다.

1인용 코티지로 된 방 구조는 지극히 심플했다. 현관을 올라가면 바로 거실이 있고 그 한쪽 면이 주방으로 되어 있으며, 다른 한쪽 면에 화장실과 욕실이 있다.

내가 사는 좁은 원룸과 비슷한 방 구조에 어쩐지 집에 돌아온 것 같은 안도감이 느껴졌다. 덕분에 나스의 1on1 데이트에서 오사키와 같은 방을 썼을 때만큼의 긴장감은 없었다.

뭐, 오사키 때는 같은 방에서 자서 더 그런 것도 있었겠지만, 이번에는 잠시 후 텐트로 돌아가기만 하면 되니까 전혀 문제없다.

그렇다면 내가 지금 생각해야 할 것은 그녀에 대한 것이었다.

그녀의 작전은 대충 이해했지만, 그렇다 치더라도…….

"꺄아아아!"

"또……."

예상대로 욕실에서 주조 씨가,

"잠깐, 에에에에에엑?!"

……아니, 예상 이상이었다.

욕실에서 주조 씨가 뛰쳐나왔다. 실오라기 하나 걸치지 않은 모습으로.

젖은 몸을 한 채 나를 밀어 넘어뜨리는 듯한 자세로 매달리는 주조 씨.

"나, 나나나나나나왔어요……! 신이치 님, 도와주세요, 신이치 님……!"

"그, 그그그렇게 올라타시면 욕실에 못 가요!"

아니, 진짜 문제는 더 다른 곳에 있었지만, 어쨌든 나는 그 말밖에 할 수 없었다.

눈을 감은 채 주조 씨를 밀어내고 (밀어낼 때 만져진 피부가 눈을 감고 있는 탓에 더 생생했지만……) 그대로 욕실로 향했다.

그러자 창문에 도롱뇽인지 도마뱀 같은 것이 붙어 있었다.

"아니, 안에 있는 게 아니잖아……."

여름에도 무인도의 밤은 차갑다. 따뜻한 곳을 좋아하는 도마뱀이 욕실 창문에 달라붙은 것 같았다.

일단 창문을 똑똑 두드려 쫓아내긴 했지만, 아마 녀석은 곧 돌아올 것이다.

나는 목욕 타올을 주조 씨 어깨에 걸쳐주었다.

"……주조 씨. 밖에 있는 도마뱀 정도는 참아주세요."

"저, 정말 죄송합니다……."

"아니, 그렇게까지 사과할 필요는 없는데…… 근데."

나는 주조 씨를 보지도 못한 채 시선을 돌리고 뺨을 긁적였다.

"설령 그렇다 해도 나중에 침실 창문에도 아마 달라붙을 텐데……."

"허……?"

……아아. 해 버리고 말았다. 실언 중의 실언을.

뒤를 돌아보자, 주조 씨가 눈물을 글썽이며 간청해 왔다.
"오늘 밤, 같이 있으면 안 될까요……?"

불 꺼진 방.
사양과 배려의 입씨름을 반복한 결과, 간신히 주조 씨가 침대에서 자고 내가 바닥에 자게 되었다.
"왜 그렇게 파충류나 개구리 같은 걸 무서워하시는 건가요?"
"모든 좋고 싫음에 이유가 필요할까요?"
주조 씨가 새침한 목소리로 대답했다.
"예를 들어 신이치 님의 고소 공포증…… 정확하게 말하면 낙하 공포증이죠?"
"뭐, 그렇죠……."
"왜 그런 거죠?"
"아아, 글쎄요, 왠지 모르게……?"
……그런 거군. 뭐, 그런가.
"그런 이야기입니다. 딱히 트라우마가 있었던 건 아니지만, 싫어하는 건 싫어합니다."
싫어하는 것에 관한 이야기가 되면 아무래도 주조 씨는 아이처럼 변하는 것 같았다.
"신이치 님, 뭔가 다른 이야기를 하지 않으시겠어요? 눈을 감으면 녀석들이 아른거려요."

봐라.

"그러면 아까 하던 얘기는 어때요? 우리 어머니한테 헌신하는 이유."

"……카에데 님은 저에게 있을 곳을 주셨습니다."

"있을 곳……?"

"어디까지나 그림자인 제 이야기를 하는 건 조금 꺼려지지만……."

그러면서 주조 씨는 천천히 이야기를 시작했다.

"제 어머니는 뭐랄까요…… 사랑이 많은 분이셨습니다. 심지어는 그 사랑에 빠진 상대를 매번 '운명의 사람'이라고 생각하는 성가신 사람이었고……."

주조 씨의 냉담한 목소리가 코티지 안에 울려 퍼졌다.

"제 아버지가 되는 사람이 첫 번째 남편이었는데, 그 후 남편과 헤어져서 다른 남자와 교제했고…… 그런 일을 몇 번이나 반복했습니다. 이혼과 재혼을 거듭하다 보니 그때마다 성이 바뀌고 집이 바뀌면서 전학을 반복하게 되었죠."

"아아……."

"몇 번째인지 모를 이혼 때 어머니와도 헤어졌습니다. 그렇게 되면서 집안에서도 마음을 놓을 상대가 없었고, 당연한 것처럼 친구도 사귀지 못했습니다. 세상 어디에도 제가 있을 곳이 없었습니다."

"그렇군요……."

상상 이상으로 무거운 이야기에 조금 머뭇거리고 있는데,
"그러던 어느 날 '내 비서가 되어줘'라며 카에데 님이 제게 말을 걸어오셨고, 저는 비서가 되기로 했습니다. 끝. 해피엔딩이죠?"
"아니, 이러고 끝이라고요?!"
태클을 하느라 몸을 벌떡 일으켰다.
"제 이야기 따위에 신이치 님의 귀중한 시간을 낭비할 순 없으니까요."
"이 무슨……."
"제 이야기를 들으면 신이치 님의 족쇄가 늘어나 버립니다. 연애 유학이 끝난 후의 제 고용에 관해서나, 그 뒤의 장래에 대해 걱정하게 될지도 모르고요. 신이치 님은 상냥하시니까."
"그렇지는……."
나는 입을 다물었다. 부정할 수는 없었다.
상냥함 따위, 정이 많은 것 따위, 원하지 않는데.
"어쨌든 그런 카에데 님이 마지막으로 맡기신 일이 '카에데 님의 유서 보관'과 '연애 유학 운영' 두 가지였습니다."
"그렇군요. 저…… 감사합니다."
"신이치 님께 감사의 말씀을 들을 일이 아닙니다. 모두 카에데 님과의 약속이니까요."
그렇게 말하며 주조 씨는 오른손의 새끼손가락을 천장

으로 향했다.

"저는 신이치 님이 행복하다면 뭐든 좋습니다."

"주조 씨……!"

그 말에 눈이 크게 뜨였다.

"실례했습니다, 부주의한 발언이었군요. 이것도 카에데 님과의 약속 중 하나라고 제가 멋대로 해석한 것뿐입니다. 거기서 멋대로 제가 있을 곳을 찾고 있는, 강요나 다름없는 민폐 행위에 지나지 않습니다."

"민폐 행위라니……."

"그 정도로 카에데 님을 존경하고 있으니까요."

그렇게 말하는 주조 씨의 목소리는 기쁜 것도 같고 쓸쓸한 것도 같고, 또 슬퍼 보이기도 하고 즐거워 보이기도 해서.

플러스와 마이너스가 뒤섞인 듯한 그 목소리에 나는 넋을 잃고 있었던 것 같다.

동시에.

"……혹시 주조 씨라면 알 수 있을까요?"

"뭘, 말이죠?"

나는 지금까지 줄곧, 오사키에게도 마논에게도 사키호에게조차 이야기한 적 없었던 것을 나도 모르게 말하고 있었다.

"제가 어렸을 때, 병실에서 어머니가 저한테 해 주셨던 말이 있어요. 도중까지는 기억하고 있는데, 아무리 기억하려고 해 봐도 중요한 부분이 생각이 안 나서. ……지금도 자주 그때의 꿈을 꿔요."

"어떤 말일까요? 제가 그걸 유추할 수 있을진 모르겠습니다만……."

"그건……."

어머니한테 들었던 말을 끝부분을 제외하고 토씨 하나 안 틀리고 외우고 있는 것도, 그걸 들려주는 것도 상당히 부끄러웠지만 괜히 숨겼다간 알 수 있는 것도 모를 것이다.

크흠, 하는 헛기침을 한번 하고 꿈속에서 듣던 어머니의 말을 외웠다.

『신이치. '진실한 사랑'이란 '이해가 일치하는 사이'를 말하는 거란다.』

『얼굴이 마음에 든다거나 성격이 잘 맞는다거나 하는 건 언제 깨질지 모르는 유대감이자 언제 대체될지 모르는 감정이야. 외모나 성격 같은 건 내일이면 달라져 있을지도 모르고, 본인의 취향도 미래에도 쭉 똑같다고는 할 수 없잖니? 그건 '애정'일 수는 있겠지만 '사랑'은 아니야. 애정이라는 마법이 어느 날 갑자기 풀려 버리는 일은 흔히 있으니까.』

『하지만 이해가 일치하는 상대와는 견고한 유대감으로

맺어져 있어. 이해가 일치한다는 건 상대방을 이롭게 하는 것이 나를 이롭게 하고, 상대방을 해치는 것이 날 해치는 것이라는 뜻이니까. 누구라도 자신을 이롭게 하는 건 자진해서 하고, 자신을 해치는 일은 되도록 피하는 법이잖니?』

『그러니까 신이치는 그런 사람과…… 진실한 사랑을 맺을 수 있는 상대와 결혼했으면 좋겠어. 그럼 분명 넌 행복해질 거야. 그게 엄마의 소원이란다.』

그래서 어린 날의 나는 자신이나 아버지와 어머니는 이해가 일치하지 않느냐고 물었다.

『무슨 소리야. 당연히 일치하는걸? 왜냐하면——.』

“그 뒤를 모르겠어요.”

“……정말 모르시겠나요?”

“예……?”

주조 씨가 진심으로 의외라는 말투로 물어왔기에 나도 모르게 몸을 일으켜 그쪽을 바라보았다.

“아시나요……?!”

내 움직임에 따라 움직이듯 주조 씨도 침대 위에서 일어났다.

“예, 그렇게 어려운 대답은 아니라고 생각하는데요…….”

“알려주세요!”

“……신이치 님, 이러시는 건 안 됩니다. 이상한 오해를 불러일으킬 거예요."

정신을 차려보니 나는 일어선 채로 앞으로 몸을 숙여 침대 위에 있는 주조 씨의 어깨를 잡고 있었다.

지금 장면만을 누군가가 본다면 지위를 남용해 부모 회사의 직원을 덮치려 하는 최악의 인간으로 보이고 말 것이다.

"죄, 죄송합니다……."

"아닙니다."

나는 그 자리에서 무릎에 손을 대고 고개를 숙였다.

"그 뒤에 이어졌을 말을 알려드리는 것은 가능합니다."

"그렇다면……."

"하지만 신이치 님."

물고 늘어지는 나를 제압하듯 주조 씨가 말을 가로막았다.

"실제로 그 뒷말을 카에데 님은 입에 담으셨을까요?"

"……네?"

시야가 빙글, 하고 한 바퀴 도는 느낌이었다.

"한마디 한마디 외우고 계셨는데 딱 거기만 기억하지 못하는 경우가 정말 있을까요? 신이치 님만큼 똑똑하신 분이 가장 중요한 결론만을 놓칠 수가 있을까요?"

"아니, 하지만……."

"그러니 제 대답은, 이렇습니다. 카에데 님은 거기서 대화를 끊고, 그리고."

주조 씨는 미소를 짓고는 살며시 나를 껴안았다.
"이렇게 하셨을 겁니다."
이어서 부드럽게 내 뒷머리 쓰다듬었다.
"……!"
"그건 그렇고, 카에데 씨답네요. 아무리 시간이 지나도 솔직하지 못하달까요, 삐뚤어졌다고 할까요……. 그렇게 빙빙 에두른 설교가 아니라 똑바로 그 말을 전했다면 좋았을 것을. 정말 가족들 모두가 솔직하지 못하단 말이죠……."
경악스러움에 눈이 휘둥그레진 내 귓가에 주조 씨는 아주 작은 목소리로 그런 혼잣말을 중얼거렸다.
못 말린다는 듯이, 쓸쓸하고 사랑스럽게.
말이 사라진 나에게서 몸을 떼고, 주조 씨가 내 눈을 바라보았다.
"실례했습니다. 무례를 용서해 주세요."
"아, 아니요……."
"……아마도 그 진짜 대답을 알기 위해 이 연애 유학이 있는 거겠죠. 어쩌면 그걸 알아내는 것이 이 유학에서 신이치 님이 가야 할 골인 지점일지도 모릅니다."
"그런가요……."
주조 씨의 말에 100% 납득한 것은 아니었다.
하지만 어머니가 거기서 말을 끊었다는 것도, 그것을 노리고 연애 유학을 계획했다는 것도 분명 주조 씨의 말대로 사실일 것이다.
말이란 때로 문자 그대로의 의미를 아는 것만으로는 그 내용을 이해하기 어려울 때가 있다.
그렇다면 나의 어머니는…….
"신이치 님."
"네?"
사고의 숲을 헤매고 있는 나에게 주조 씨가 말을 걸어왔다.
"오늘 밤은 이대로 침대에서 같이 주무시겠어요? 저는 전혀 상관없습니다만."
"그, 그럴 리가 없잖아요."
내가 언제까지고 침대 위에서 떨어지지 않자, 주조 씨가 진지한 얼굴로 놀려왔다.
"그, 그건 그렇고."
나는 내 이부자리로 돌아가며 민망함을 떨쳐내기 위해 말을 이었다.
"주조 씨, 저희 어머니를 정말 좋아하시네요. 대체 어디에 그 정도의 매력이 있었나요?"
"신이치 님."
주조 씨가 누워서 이쪽을 바라보았다.
"모든 좋고 싫음에 이유가 필요할까요?"
희미한 불빛 속, 평소 무표정한 그녀가 지은 짓궂은 미소에 나는 이번에야말로 더는 둘러댈 수 없을 정도로 넋을 잃고 말았다.

짹, 짹…….

"음……?"

새의 지저귐에 잠에서 깼다.

어느새 잠들어 버린 모양이었다. 졸린 눈을 뜨자

"좋은 아침입니다, 신이치 님. 드디어 마지막 날이 시작되었습니다."

메이드복을 반듯하게 차려입은 주조 씨가 무릎을 꿇고 앉아 있었다.

"좋은, 아침이에요."

"네, 좋은 아침입니다. 잘 주무셨나요?"

"네에……."

긴장해서 잠이 안 올 줄 알았는데, 이러니저러니 해도 피곤하긴 했던 것인지 한밤중에 깨지도 않고 푹 잘 수 있었다.

"신이치 님, 그러고 보니."

"네?"

"어제 질문하셨던 특정한 누군가를 지명하는 것과 같은 【운명의 선택】은 규칙 위반입니다. 하지만 신이치 님이라면 그것을 이뤄낼 방법을 알게 되실 겁니다."

"그런가요……?"

잠이 덜 깬 머리로는 조금 알쏭달쏭했지만, 그 후 덧붙여진 힌트로 납득을 했다.

"지금까지 했던【운명의 선택】을 기억해 주세요."

"……과연."

"그리고……."

주조 씨는 약간 볼을 붉게 물들이며 말했다.

"어젯밤은 꿈 같은 밤이었습니다."

"쓸데없이 오해를 부를 것 같은 말투를……."

"아뇨, 그게 아니라."

주조 씨는 나의 어이없어하는 목소리를 차단하고는,

"언젠가 신이치 님과, 카에데 님에 대해 그렇게 함께 대화할 날을 계속 꿈꾸고 있었거든요."

쓸쓸하게, 하지만 행복하게 웃어 보였다.

## 제8장
## Round5: 그리고 폭풍은 찾아온다

"하늘이 심상치가 않아……."

유우가 하늘을 올려다보며 우울하게 중얼거렸다.

"아하하, 일기예보를 안 봐도 비가 올 거라는 걸 알겠어."

"그러게…… 아침인데도 어두워서 별로야아."

칸다가 쓴웃음을 짓고 리아가 동의한 대로, 어제의 밤하늘이 거짓말인 것처럼 하늘에 먹구름이 가득했다.

"그건 그렇고 이해할 수 없어요. 왜 북섬으로 집합한 거죠? 오빠는 어제 남섬에 있었을 텐데요?"

"하긴 그러네? ……응, 어?"

사키호가 스르륵…… 나에게 다가왔다.

"어?"

그리고는 내 목덜미 냄새를 맡고는,

"어라라라라라라?"

고개를 정확히 90도로 꺾었다. 무서워……!

"이상하네? 평소의 신이치와 다른 냄새가 나는데? 어제 신이치는 분명 샤워를 못 했을 텐데? 신이치의 진한 체향을 맡을 수 있을 거라 생각했는데, 이게 대체 어떻게 된 거지?"

"진한 체향이라니, 표현이 최고로 징그러워……."

눈동자의 빛이 꺼진 사키호가 점점 나에게 얼굴을 가까이했다.

"……다른 여자랑 잤구나?"

"아, 아니……."

"어, 그런데 이상하다? 어제는 우리 5명 다 같이 한방에서 잤으니까 다른 누군가와 잤을 리가 없는데? 누군가가 멋대로 밖에 나가지 않도록 내가 제대로 잠들지 않은 채 감시했었고……."

"밤중에 화장실을 가려고 일어났더니 눈을 뜬 사키호 씨가 침대 위에 서서 '어디에 가려는 거야?'라고 물어봐서 소름 끼치게 무서웠어요……."

사키호는 몸서리치며 하는 마논의 말을 무시했다.

"결론은 누구나 알 수 있는 거네?"

끼긱끼긱…… 하고 그녀의 뒤쪽으로 고개가 기울어졌다.

그리고 용의자의 이름을 중얼거린다.

"……주조 씨? 신이치에게 무슨 짓을 한 거죠?"

"자, 신이치 님. 마지막 날 첫 번째【운명의 선택】을 발송해 주시겠습니까?"

"지금 그 말을 잘도 무시했네요?! 완전 무서웠는데?!"

딱히 꺼림칙한 일 따위는 아무것도 없었지만, 나로서도 피하고 싶은 화제였기 때문에 미리 준비해 두었던【운명의 선택】을 발송했다.

"응? 얼버무릴 생각 마, 신이치?"

띠링♪ 하고 각자의 스마트 워치가 소리를 냈다.

===

【운명의 선택】

오늘 마지막 순간, 시즌2에서 신이치와 같은 선택을 한 횟수가 가장 적었던 멤버가 신이치와 단둘이 데이트를 한다?

A: YES

B: NO

===

"……!"

질문의 내용을 보고 나를 추궁해 오던 사키호의 표정이 일그러졌다.

그 옆에서 칸다가 흐음, 하고 팔짱을 꼈다.

"……그래. 구제 조치라는 건가."

"오빠, 이건 단순 '횟수'라고 이해하면 되나요? 아니면 본인이 투표에 참여했을 때의 정답률인가요?"

"단순 횟수야. 가장 보낸 시간이 적은 사람과 대화하기 위함이니까."

"그런, 가요? 그렇다면……."

마논은 눈을 감고 웅얼웅얼 입안에서 무언가를 중얼거

리기 시작했다. 이것은 마논이 계산할 때의 버릇이다. 그렇지만.

"아무리 생각해도 사키호가 제일 적지 않아? 게다가 이런 건 우리한테 선택지가 아예 없는 거나 다름없잖아."

유우의 말대로 내가 A를 선택한 시점에서 새로운 규칙이 추가되는 셈이었다. 그건 사실이다.

하지만 여기서 B를 선택하면 (나아가 앞으로도 나와 다른 선택지를 선택하면) 마지막 1on1 데이트를 할 가능성이 커진다.

그렇기 때문에 마논은 계산하고 있다. 여기서부터 몇 번을 틀려야 1on1 데이트로 연결할 수 있을까. 그리고 여기서부터 정답을 골라서 1on1 데이트하는 것과 비교해 어느 쪽이 승률이 높은가. 나아가 지금 여기서 어느 쪽을 선택해야 하는지를.

『어제 질문하셨던 누군가를 지명하는 것과 같은【운명의 선택】은 규칙 위반입니다. 하지만 신이치 님이라면 그것을 이뤄낼 방법을 알게 되실 겁니다.』

주조 씨의 그 말을 듣고, 나는 배 위에서 보냈던【운명의 선택】을 떠올렸다.

『【운명의 선택】 3명 중 게임에서 이긴 사람이 신이치와 단둘이 지낸다? A: YES B: NO』

즉, 현재 누군가가 지진 특성 등으로 지명이 될 만한 질문은 무효가 되지만, 앞으로 부여되는 조건을 통한 지명은 가능하다는 것이다.

그래서 나는 이런【운명의 선택】을 내보냈다.

아니나 다를까 사키호는 오늘의 하늘만큼이나 흐린 얼굴을 하고 있었다.

——이 규칙에서 가장 유리한 것은 현 상황에서 데이트 횟수가 적은 그녀인데도 말이다.

"신이치……."

기뻐해야 할지 슬퍼해야 할지 알 수 없는 표정으로 나를 바라보던 그녀는 다음 순간.

"……미안해."

뒤도 안 보고 도망치기 시작했다.

"사키호?!"

유우를 포함한 모두가 쫓아가려고 움직이기 시작했지만,

"오지 마!"

그녀가 현수교에 뛰어올랐다.

옆에 놓인 입간판이 눈에 들어왔다. 현수교는 내구성 문제로 1명씩만 건널 수 있었다.

접근하지 못하는 우리를 놔두고 달려간 그녀는 한순간에 건너편 기슭까지 도착했다. 그리고——.

『아까 모닥불 피울 때 장작을 작게 쪼개는 데 사용했거든. 뭔가 멋있어서 가져왔어.』

『유우, 위험하니까 저기 바위 위에 놔둬.』

그곳에 있던 톱으로 반대쪽의 밧줄을 잘라냈다.

그제야 나는 배 위에서 주조 씨가 했던 말이 생각났다.

『물리적으로 참여하지 못하시는 분은 합류할 수 있을 때까지 참가도 불참도 아닌 상태가 됩니다.』

"……이해할 수 없어요. 사키호 씨는 대체 뭘 하고 싶은 거죠?"

===

데이트 연장 진행자는 신이치 님과 마찬가지로 『A: YES』를 선택한

칸다 레오나 님

시부야 유우 님

메구로 리아 님

세 분입니다.

===

"어, 마논은 구제 조치인 1on1 데이트가 목적인 거야?"

"네. 사키호 씨는 섬과 섬 사이를 건너는 유일한 수단을 잘라냈습니다. 나중에 보트 같은 걸로 데리러 간다고 해도 사키호 씨 스스로는 복귀할 수 없을 거예요. 그럴 경우 리아 씨가 여기서 정답을 선택한다면 마논이 최소가 됩니다."

"그래애?"

"네, 마논이 참가하지 않은 경우라면 자세히는 모르겠지만……."

그렇게 서론을 꺼낸 마논은 허공에 마치 보이지 않는 표라도 있는 것처럼 각각의 정답 수, 오답 수, 참여 수, 예상 정답률까지 알려주었다.

"대단하네, 역시 히라카와 가문의 슈퍼컴퓨터."

정답 수만 뽑아내면 유우가 9회, 칸다가 7회, 마논과 리아가 6회로 동점이고 남은 사키호가 2회. 그런 상황으로 예상된다고 한다.

나는 모두의 답변을 알고 있었는데, 이건 완벽하게 맞아떨어졌다.

그렇게 되면 여기서 리아가 정답이고, 마논이 틀렸으니 1점차가 되는 상황이라고 생각해 볼 수 있었다.

"굉장하다, 마논!♡ 아, 근데 리이가 '그래애?'라고 물어봤던 건 그런 게 아니라……."

"아얏."

리아가 무어라 말을 걸려고 했을 때, 마논의 팔에 찌릿한 전기가 통했다.

"죄송합니다, 여기까지예요. 오빠, 나중에 봐요."

그렇게 말하며 마논은 떠나갔다.

예기치 않게 디아슬리 랜드 때와 똑같은 멤버로 그룹 데이트를 하게 되었다.

"그럼 이제 뭐 할까? 사키호가 다리를 끊어버려서 북섬에서 지낼 수밖에 없지만 말이야. 코티지에서만 지내는 것도 뭔가 지루한데."

유우는 내 왼손을 오른손으로, 왼팔을 왼손으로 잡은 가까운 거리에서 물어왔다.

"잠깐, 유우! 어제보다 거리가 더 가까운 거 아니야?"

"더는 사양할 필요가 없어졌으니까. 나 어제 신에게 고백했거든."

"고백했어?!"

"흐음……."

리아가 눈을 휘둥그레 떴고 칸다는 눈이 부시다는 듯 눈을 가늘게 떴다.

"신이치 군, 진짜야?!"

"뭐, 그…… 유우가 그렇게 말한다면, 그런 거겠지."

"으음……."

리아가 생각에 잠긴 얼굴이 되었다.

그건 그렇고 어젯밤에 같은 방에서 지낸 것에 비해 그런 이야기는 거의 안 하네……? 어쩐지 그녀들의 사이가 삐걱거린다는 느낌이 전해지는 것 같았다. '사이가 나쁘다'고 말해도 좋을지 알 수 없다는 부분이 일면 리얼하다고 할까…….

"신이치 군."

리아가 진지한 얼굴로 나에게 다가왔다.

"신이치 군은 이 유학을 통해서 가족이 될 사람을 찾는 거잖아?"

"응, 그렇지……?"

"정말 알고 있어? 귀엽거나 재미있을 뿐만 아니라, 제대로 가족이 될 수 있는 사람이야. 계속 함께 있을 수 있는 사람."

"아아, 응……."

계속 미인계 작전만 써왔던 리아가 그런 말을 해……? 하지만 그 어느 때보다 진지한 표정에 차마 입을 열 수 없었다.

그리고 그때.

"……응?"

툭, 투둑.

"아, 이런."

후둑. 후둑. 후두두두둑…….

"비 온다~!"

쏴아아아아아……!

한 방울, 한 방울 빗방울처럼 떨어지던 비는 곧 줄기가 되고 저마다 뭉치더니 이윽고 폭우로 변해 섬에 쏟아졌다.

폭풍우를 피해 우리는 코티지로 뛰어들었다.

"완전 다 젖었어……."

코티지 안에서 기다리고 있었는지, 다가온 주조 씨가 수건을 건네주었다. 몸을 닦으면서 우리는 큰방으로 들어갔다. 어제 5명이 묵었던 곳이 이곳인 것 같았다.

창문을 통해 남섬의 모습이 보였다.

나무들이 크게 휘청였고, 시각만으로도 격렬한 바람의 움직임이 느껴졌다.

"저기, 사키호는 괜찮을까아……?"

"그러게, 저쪽에는 텐트밖에 없는데."

"음, 이건 좀 걱정되네……."

세 사람이 어느 때보다 진지한 얼굴로 건너편 섬을 바라보고 있던 그때였다.

"앗……!"

남섬 상공으로 붉은 텐트가 높이 휘날리는 것이 보였다.

나는 스마트 워치를 확인한 뒤 그녀에게 물었다.

"……주조 씨, 비옷 있나요?"

"예, 있긴 합니다만, 설마……."

"거짓말! 가려고?!"

눈을 동그랗게 뜬 주조 씨 옆에서 유우가 얼굴을 와락 구겼다.

"다리는 떨어졌고, 수영하려고 해도 파도가 쳐서 무리일 텐데?! 게다가 거기엔 상어가 있다고 했지?"

"아…… 그랬지. 그래도 가야 해."
"안 돼."
유우가 내 등을 껴안았다.
"무모함과 용감함은 별개야. 확실히 도울 수 있다면 상관없지만, 그런 건……."
"걱정 고마워, 유우."
나는 스마트 워치를 조작했다.
"안 돼, 신……!"
거기에 표시된【운명의 선택】은.

===
【운명의 선택】
앞으로 어디서 보낼까?
A: 북섬
B: 남섬
===

"신이치 군!"
제한 시간은 15초.
"신, 이건 정말……!"
"히라카와, 난……."
칸다마저 간절한 얼굴로 나를 바라본다.

나는 비웃을 걸치고 왼손으로 귀를 만졌다.

"히라카와……?!"

"그런 얼굴 안 해도 돼, 그렇지? 칸다."

내 물음에 칸다는 깜짝 놀라 눈을 떴다.

"하지만, 그렇다면 왜……? 그치만, 그치만……."

"그렇다 해도 사키호는 내가 도울 거야. 그러니까……."

나는 칸다를 바라보았다.

"칸다가 같이 와줬으면 좋겠어."

무응답은 자동 탈락이다.

그리하여 결과 발표는.

===

데이트 연장 진행자는 신이치 님과 마찬가지로 『B: 남섬』을 선택한

칸다 레오나 님

한 분입니다.

===

"레오나?!" "레오나까지?!"

눈을 부릅뜬 두 사람을 돌아보며 칸다가 뺨을 긁적였다.

"아하하, 난 정말 어떻게 해도 달인가 봐."

그리고 쓴웃음을 지었다.

"손을 뻗으면, 거절할 수 없거든."

"시골에 있는 버스 정류장 같네."
주조 씨에게 비웃을 받은 우리는 계곡 바닥으로 향했다.
그러자 칸다의 말대로 시골 버스 정류장 같은 튼튼한 지붕이 달린 벤치가 나와 거기에 잠시 앉았다.
이 버스 정류장이 이곳에 있는 것을 보고 어떤 추리에 확신을 얻었다. 내가 그녀에게 물었다.
"여기서 남섬으로 건너갈 수 있지?"
"음? 다리도 길도 없는데?"
칸나는 이런 상황임에도 미소를 짓고 있었다.
"지금은, 말이지."
위화감은 처음부터 있었다.
여형도라는 이름은 최근에 붙은 것이 아닐 것이다.
그렇다고 한다면 여(呂)자에 존재하는 중앙선이 현수교——즉 인공물일 리 없다고 판단했다.
즉 가운데 선은 육지로 실재하고 있다는 뜻이 된다. 그게 아니면 남섬과 북섬은 다른 섬일 것이고 만약 한꺼번에 부르는 호칭을 생각한다고 해도 형제도나 자매도, 부부도 정도밖에 없겠지.
하지만 중앙의 선은 평소에는 그곳에 드러나지 않는다.
"톤보로 현상이라는 말 알아? 밀물 때는 없던 길이 썰물이 되면 나타나는 현상 말이야. 엔젤로드라고 불리는 관광지도 있고."

"응, 그거라면 알고 있어."

"그렇겠지."

나는 눈앞을 가리켰다.

"저기에 한정된 시간 동안 길이 생겨. 이곳은 그걸 기다리기 위한 버스 정류장——썰물 전용 정류장일 거고."

신월과 만월이 뜨는 날에는 간만의 차이가 크다. 어젯밤은 신월이었으니 오늘은 분명 길이 드러날 것이다.

"있지, 히라카와는 어디까지 알아?"

"글쎄…… 그것보다 사키호는 무사하지?"

나는 중요한 것을 칸다에게 물어보았다.

"왜 나한테 물어보는 거야?"

"사키호는 남섬의 지붕이 있는 곳…… 아마 동굴이 있다는 걸 알고 있을 거야. 아닌가?"

질문을 질문으로 되돌린 대화의 끝에 칸다가 숨을 삼켰다.

"……정말 대단하네, 히라카와. 어떻게 그런 것까지 아는 거야?"

그 반응을 보고 나서야 조금 마음을 가라앉힐 수 있었다. 내 예상이 맞았다는 뜻이니까.

"어젯밤 칸다와 돌아온 사키호가 젖은 머리로 돌아왔잖아. 그때 알았어."

“수영한 뒤에 수건으로 닦기만 하고 드라이기가 없어서 말리지는 못했다고 하지 않았나?”

“그런 일은 불가능해.”

나는 잠시 망설였다.

“사키호가 불리해지지 않도록 앞으로도 말하지 않으려고 했는데…….”

이것을 전하지 않으면 이야기가 앞으로 나아가지 않는다.

“사키호는 수영을 못해.”

“어…….”

“옛날에 이웃 가족들 몇 팀이 강변으로 캠핑을 간 적이 있었어. 그 안에 사키호도 있었는데.”

“히라카와 시나가와는 정말 소꿉친구구나…… 그때 일이 있었던 건가.”

나는 살짝 고개를 끄덕였다. 칸다가 아니더라도 이야기의 흐름상 그곳에서 무슨 일이 있었는지는 대략 짐작할 수 있을 것이다.

“그래, 강변에서 나랑 놀다가 사키호가 발을 헛디뎌 강에 빠졌어.”

그날 나와 사키호는 함께 돌로 물수제비를 뜨며 놀고 있었다.

“전혀 안 돼……”라며 풀이 죽은 사키호를 보고 나는 반들반들하고 납작한 돌을 찾아 건네주며 “달려가면서 던지면 더 좋아"라고 조언해 주었다.

그 결과 달려가던 사키호가 기세를 못 이기고 그대로 넘어져 강에 빠지고 만 것이다.

"히라카와가 도와줬어?"

"아니, 내가 아니라……."

뭐, '히라카와'인 건 맞지만.

"우리 아버지가 바로 강으로 들어가서 도와줬어. 어른이라면 발이 닿을 정도의 깊이였고, 사키호가 빠져 있던 시간은 불과 몇 초 정도였거든."

그때의 일을 생각하면 아직도 등골이 오싹하다.

"그래도 어린아이가 자연의 물을 무서워하기에는 충분한 시간이었겠지. 사키호는 그 이후로 바다나 강 같은 곳에는 들어가지 못해."

"그렇구나. 그래서 괌 때도, 무인도에 온 뒤에도 우리가 한 번도 바다에 들어가지 않았던 거야……."

『하지만 그걸 굳이 괌에서 하는 의미가 있나요?』

괌에서 퀴즈를 냈을 때 칸다는 분명히 그렇게 말했었다.

『괌 때도 그렇고 오늘도 기껏 수영복을 입었는데 해변에서만 놀았잖아? 바닷속에서 놀고 싶다는 욕구가 계속 쌓이고 있었거든.』

그리고 유우 역시 의문을 품고 있었다.

참고로 어제 불꽃놀이를 하면서 사키호가 말했던 '신이치의 아빠는 생명의 은인'이라는 설명은 이때의 이야기였다.

"아아…… 그 말을 들으니 이것저것 이해가 가네."

칸다가 허무하다는 얼굴로 마른 웃음을 지어 보였다.

"어제 섬에 도착했을 때 돌진해 온 시나가와를 밀쳤던 것도 주위를 보지 못한 시나가와가 바다에 들어가지 않게 하기 위함이었고, 북섬 말고 남섬에서 지내는 걸 선택한 것도 북섬에는 해변밖에 없지만 남섬에는 바다에 들어가지 않아도 놀 수 있는 것들이 많았기 때문이구나."

"……반쯤 패닉 상태였던 그때의 사키호가 바다에 들어갔다면 그야말로 정말 생명이 위험했을 테니까."

나는 그런 말로 그 사실을 인정했다.

"마논의 말이 맞네……. 히라카와는 시나가와에게 너무 물러."

"생명이 위험해서 그랬던 거라고 했잖아."

"아니, 그뿐만이 아니야."

칸다에게는 그런 표면적인 변명은 통용되지 않았다.

"그게 아니라, 히라카와는 시나가와가 수영을 못하게 된 이유가 자신에게 있다며 스스로를 계속 책망하고 있어. 그래서 특히 물가에서는 필연적으로 시나가와에 물러질 수밖에 없는 거야. 책임을 져야 하니까."

"……실제로도 그렇잖아?"

"하지만 그건 족쇄 아닐까? 히라카와가 제일 싫어하는

걸 텐데.”

“내 책임이니까 어쩔 수 없지. 이 이상 무게를 늘리지 않으려고 하는 것뿐이야.”

“……그렇구나.”

칸다는 그것을 좋다고도 나쁘다고도 말하지 않았다.

“하지만 시나가와가 수영을 못 한다고 해서 그게 어떻게 동굴을 안다는 걸로 이어지지? 나비가 날갯짓하면 토네이도가 온다는 말처럼 중간 단계의 설명이 부족한 것 같은데.”

“그렇게 어렵지도 않아.”

나는 순서대로 설명했다.

“사키호가 바다나 강에 들어갈 수 없는 이상 사키호의 머리카락이 젖을 만한 이유는 비나 목욕 정도밖에 없어. 그리고 칸다도 알다시피 어제 비는 안 왔고. 모닥불을 피웠을 정도니까.”

“그렇지.”

“그리고 남섬에서 유일한 욕실——텐트 사우나는 리아와 마논만 사용했지?”

“코티지의 욕실을 썼을 가능성은?”

“칸다가 직접 말했잖아.”

그녀가 어젯밤에 했던 말이 떠올랐다.

『남섬에는 드라이기가 없어서 수건으로만 닦았더니 미처 다 못 닦았네.』

“코티지에는 드라이기가 있으니까 젖은 머리로 나올 필요도 없었겠지.”

“아하하, 그건 그러네.”

“그렇다면 생각할 수 있는 선택지는 동굴 천장에서 떨어지는 물 정도일까.”

“대단하네, 정말…….”

칸다는 그런 말로 인정했다.

동굴 위에는 당연하지만, 지면이 있고, 그곳을 지하수가 타고 흘러 동굴 천장이나 벽에서 떨어지는 일은 흔했다.

아마 그저께 여형도에서는 비가 왔을 것이다. 빗물이 오랜 시간 천천히 흘러 천장에서 방울져 떨어지며 사키호와 칸다의 머리를 적신 거겠지.

샤워처럼 내린 것은 아니지만 수건을 갖고 있지 않았던 두 사람은 젖은 머리로 집합하게 된 것이다.

“그래, 히라카와의 말대로 남섬에는 동굴이 있어.”

“역시 칸다는 이 섬에 와본 적이 있구나?”

“응.”

주조 씨는 여형도가 영화나 드라마 촬영에 사용되기도 한다고 했다.

게다가 칸다는 갑판에서 이렇게 말했다.

『별로 가득 찬 무인도의 밤하늘은 예쁘니까 말이야.』

마치 본 적이 있는 사람처럼.

"남섬에 작은 절벽이 있지?"
"그 범인이 자백하고 투신할 것 같은……?"
"아하하, 맞아. 그 동굴은 거기 기슭에 있어. 촬영 중간 중간 몸을 식히고 싶을 때 그 동굴을 사용했거든. 어느 날 밤 직원분들이 북섬으로 돌아갈 준비를 하고 있을 때 나는 우연히 다른 쪽에 출구가 있는 걸 발견했어. 그래서 사람들의 눈을 피해 그쪽으로 가봤는데……."
칸다는 그때 본 경치를 그대로 투영하듯 눈동자를 반짝였다.
"그곳에는 절벽으로 모든 빛이 다 차단된, 온통 별빛으로 꽉 찬 하늘이 펼쳐져 있었어."
"호오……."
"그때는 결국 직원한테 들켰는데, 꼭 한 번 더 보고 싶다는 생각이 들었거든. 그래서 어제 혼자 있을 수 있는 시간이 있어서 갔다 온 거야. 거기서 돌아오는 길에 시나가와를 만난 거고."
"사키호도 동굴에 왔었어? 왜?"
나는 미간을 찌푸렸다.
"글쎄? 절벽 밑에서 뭘 찾는 것 같던데. 뭘 찾고 있었는지는 알려주지 않았지만."
"그렇구나……."
짐작조차 가지 않았다.

“그건 그렇고 왜 비밀로 한 거야? 딱히 ‘시나가와랑 같이 동굴에 다녀왔다’라고 했어도 상관없었잖아.”

“이유를 들어도 웃지 않겠다고 약속해 줄래?”

“내용에 따라 다르지.”

“……바보.”

칸다가 나를 질책하며 토라진 듯한 표정을 지었다.

“……히라카와에게만 보여주고 싶었어.”

그리고 그렇게, 중얼거렸다.

“그 자리에서 말했다면 시부야가 무조건 ‘나도 데려가!’라고 했겠지? 그러면 결국 다 같이 가게 됐을 거고……. 하지만 그러기는 싫었어. 나만의 장소로, 나와 히라카와만의 장소로 하고 싶었거든. 시나가와한테도 쓸데없이 숨겼다간 의심을 받을 테니까 동굴까지는 데려갔지만, 그 뒤는 데려가지 않았는걸. ‘난 사실 동굴을 좋아해’라는 식의 이야기를 하면서. ……계속 거짓말을 했었어.”

“……그랬구나.”

“그런데 히라카와는 나한테 거짓 신호나 보내고 말이야. 정말 최악 아니야?”

“최악이네요…….”

아니, 하지만 몰랐으니까…….

“나도 스스로가 의외라고 생각해. 그런 식으로 뭔가를 독차지하고 싶다는 생각을 해본 적이 지금까지 없었으니까.”

"그것도 달 이야기야?"

"달?"

……뭐야, 칸다 때문에 시인 같은 말을 하는 건데.

"배 위에서 칸다는 달이 되었다고 했잖아? 비추지 않으면 빛날 수도 없는 행성이 되었다고…… 그거, 사실은 아직 잘 모르는 거지?"

"그 얘기, 시작하면 길어질걸?"

"어차피 아직 길은 나타나지 않았고, 사키호가 무사하다면 서두를 필요도 없어."

"그것도 그런가?"

칸다는 하늘을 올려다보았다.

"내 기억 속에 남은 가장 오래된 기억은 바로 촬영 중…… 즉, 역할을 맡았던 기억이야. 내 자신의 추억이 아닌 거지. 재미있지 않아?"

"재미있다기보단 굉장한 이야기네……."

"그래서 나 자신과 역할 사이의 경계선이 애매해서 나다움 같은 걸 느껴본 적이 없어."

벤치 위에서 무릎을 구부리고 앉은 칸다는 자기 무릎에 턱을 얹은 채 중얼거렸다.

"나는 나 자신을——칸다 레오나를 몰라. 자신의 성격을 몰라. 자기 생각도, 기호도, 방향도 몰라."

같은 발음을 가진 세 개의 동음이의어*는 어째서인지 올

---

*思考, 嗜好, 志向. 모두 일어 발음이 같다.

바른 한자로 변환되어 내 머릿속에 들어왔다. 그게 칸다 레오나의 연기력 덕분이라면 정말 굉장한 일이라고 생각했다.

감탄하는 나를 개의치 않고 그녀는 말을 이었다.

"칸다 레오나라는 인격은 존재하지 않아. 단지 그릇일 뿐이야. 역할을 부여받지 못하면 빛날 수도, 존재할 수도 없는."

"설마……."

"……맞아. 그게 바로 이 유학을 온 진짜 이유. 그렇기 때문에 평생을 여배우로 살고 싶어. '남자 방어'나 '브랜딩'을 위해, 라는 말을 했었지만 그건 가장 큰 이유는 아니었어."

칸다는 잠시 숨을 고르고, 충격적인 말을 중얼거렸다.

"난 평생 연기할 수 있는 '배역'을 원했어."

라고.

"일반적인 만남이 아닌, 만난 그 순간부터 히라카와의 이상을 연기하고, 그리고 죽을 때까지 그것을 이어갈 수 있는…… 나에게, 내 인생에, '여배우 칸다 레오나' 이외의 배역을 부여해 준 것. 그게 바로 히라카와 신이치야."

"그런 거였나……."

처음 만난 날 칸다가 했던 말이 떠올랐다.

『난 평생 여배우로 살고 싶거든. 죽음이 나와 연기를 갈라놓을 때까지.』

만일 여배우 일이 들어오지 않는다고 해도 히라카와 신이치의 아내를 계속 연기할 수 있다.

『나는 네가 바라는 인간으로서 평생을 살아갈 자신이 있어.』

자신감 같은 것이 아니다.

칸다는 그렇게 하는 것 외에 자신이 '존재할' 방법이 없다고 진심으로 믿는 것이다.

"……그러면 왜 시즌2 때는 사키호한테만 함정을 썼던 거야?"

내가 그렇게 묻자 정말 놀랐다는 얼굴로 눈을 부릅뜬다.

"그런 것까지 알고 있었어?"

"그야 알 수밖에. 나에 대해서만 아는 사키호가 선택지를 너무 많이 틀렸으니까."

"그렇구나……. 감이 좋네, 히라카와는. 둔감한 라노벨 주인공이라고 생각했는데."

"그 말, 칸다 말고는 들은 적 없어."

칸다는 코로 긴 숨을 내쉬었다.

"뭐, 맞아. 내가 시나가와를 부추겼어."

"'히라카와와 대화를 많이 하면 떨어진다'고?"

"……역시나. 어떤 추리를 했는지 들어봐도 될까요? 탐정님."

어차피 아직 길은 나타나지 않았다. 나는 그녀의 연극

적인 대사에 응해 단둘뿐인 소소한 추리극을 선보이기로 했다.

"시즌2의 규칙을 들은 후 최초의【운명의 선택】답변 시간에 칸다는 사키호를 불렀지? 칸다는 '모두 같은 쪽을 선택하지 않겠냐는 이야기를 부탁했었다'라고 했었고."

"응."

"거기서 사실 사키호에게 언질을 줬던 거 아냐? 내가 오사키를 떨어뜨린 이유를 '가장 긴 시간을 둘이 보냈기 때문'이라고 설명한 거지. 그리고 내가 사키호와 오사키를 각각 1on1 데이트 상대로 선택했던 것도 '어느 쪽을 떨어뜨릴지 결정하기 위해서'였다고."

칸다는 나를 가만히 보며 다음 말을 재촉했다.

"좀 더 말하자면, 내가 시즌1에서 원래 알고 지내던 3명에 대해서는 '탈락시킬 이유'를 찾았다는 가설을 설파했을지도 모르지. 오사키가 떨어진 지금 사키호와 내가 단둘이 이야기하는 것은 사키호에게는 리스크일 뿐이라고, 그렇게 이야기했다. 아니야?"

"완벽한 정답이야. 대단하네, 히라카와."

"그런데 왜 사키호를 노린 건지는 모르겠어. 같은 이치로 마논을 설득할 수도 있었을 테고, 유우와 리아에게도 '오래 이야기한 상대를 떨어뜨리고 있다'라는 부분만 잘라내서 말했다면 설득할 수 있었을지도 모르는데. 속이기 쉬울 것 같아서? 아니면 강적이라고 생각해서?"

"시나가와가 나에게 있어 가장 큰 '스타(항성)'였기 때문이야."

"스타……."

칸다는 어느 때보다 자연스러운 모습으로——적어도 나에게는 그렇게 보이는 표정으로 웃었다.

"나는 시나가와처럼 무언가에 강한 집착을 가져본 적이 없어."

뺨을 긁적이는 칸다.

"'좋고 싫음이 없다'는 말은 일반적으로 가리는 게 없다는 의미로 많이 쓰이지만, 나의 경우는 말 그대로 '좋아하는 것'도 없지."

"그게 부러웠다는 거야?"

"으음, 그런 것도 있지만…… 보고 싶었어, 그럴 때의 시나가와를."

여전히 그 진의를 파악하지 못한 내가 고개를 갸웃하자 "음, 다시 말해……" 하고 칸다가 말을 이었다.

"그렇게 사랑에 빠진 아이가 그 상대를 자신에게서 떨어뜨려야 하는 상황에 놓이면 어떻게 될까, 어떻게 할까. 그걸 보고 싶었어."

"뭐 때문에……?"

"뭐기는, 그야."

그리고 당연하다는 듯이 칸다는 말했다.

"연기 때문이지."

"연기, 때문에……."

"응. 본인에게 없는 감정을 아는 건 중요한 일이잖아?"

그 표정을 보자 어이없으면서도 어딘가 오싹한, 신기한 감각이 느껴졌다.

이어서 끓어오르듯이 웃음이 터져 나왔다.

"뭐야, 히라카와. 뭐가 웃겨?"

"칸다는 본인의 집착을 깨닫지 못했구나."

"무슨 말이야?"

인상을 찌푸린 그녀에게 나는 진범을 밝혀내는 듯한 기분으로 입을 열었다.

"칸다는 말이지, 연기에 푹 빠진 거야. 그 밖에는 아무것도 보이지 않을 정도로."

"연기에 푹 빠졌다고……? 계속? 내가?"

바라보자 칸다의 머리 위에 물음표가 연속적으로 뜨고 있었다.

"칸다는 태어날 때부터 연기를 정말 좋아했던 거야. 그래서 연기에 강한 집착을 가졌던 거지."

"집착……."

"말 그대로 너무 어린 시절부터 그렇게 생각해 버린 탓에 그게 디폴트가 되어버려서, 내가 연기를 좋아한다거나 싫어한다는 기본적인 생각조차 해본 적이 없었던 거야. 게다가 연기를 향한 집착이 너무 강한 탓에 다른 것에 대한 집착이 다소 있었다고 해도 대수롭지 않게 느껴졌던 거 아닐까?"

"그러니까, 그건……."

칸다는 갑자기 우수수 쏟아지는 예상 밖의 말에 정신을 못 차리는 듯했지만, 이윽고 하나하나 곱씹어 보고는,

"아아, 그런…… 걸까?"

여전히 다 소화하지 못한 채 입안에서 말을 굴리고 있었다.

"그리고 연기를 위해 주변을 냉정하게 관찰하는 버릇이 생겼고, 그 결과 자신을 냉정한 인간이라고 생각하게 된 거 아니야?"

"자, 잠깐만. 내 인생을 근본적으로 뒤집는 말을 그렇게 쉽게 해 버리면……."

칸다는 파닥파닥 자신의 앞에서 손을 흔들거나, 고개를 갸우뚱하기도 하고, 입을 우물우물거리기도 했다.

그리고.

"……그래, 난 연기를 좋아하는 거야."

굉장히 새삼스럽게 느껴지는 대발견을 하고는,

"그래, 난 연기를 좋아하는 거야……!"

다시 한번 되풀이하며 눈동자를 반짝인다.

"정말로, 시나가와의 말이 옳았어."

"사키호?"

어? 지금 상황에서는 '히라카와의 말이'라고 해야 하는 거 아닌가?

"아니, 그게 아니라 그렇기는 한데, 내 말은……."

내 마음을 자연스럽게 읽어낸 칸다는 얼굴을 붉히며 수줍게 웃었다.

"히라카와는 사람의 본질을 잘 보는, 굉장히 멋진 사람이라는 거야."

"칸다……."

그때 내 마음속에 하나의 의문——두 가지 선택지가 생겼다.

"저기, 칸다."

칸다를 바라보는 나를 보고, 정말이지 촉이 좋은 그녀는 무언가 알아차린 듯했다.

"칸다는……."

"알고 있어."

내 말을 가로막은 칸다는 평소와 같은 미소를 지어 보였다.

"히라카와가 지금 머리에 떠올린 【운명의 선택】, 보내 줄래?"

"……괜찮아?"

"선택하는 건, 나니까."

내용은 모호했지만, 그럼에도 우리 둘은 이해할 수 있는 그 선택지를 나는 구현했다.

===

【운명의 선택】

앞으로 어떻게 하고 싶어?

A: 연애 유학에 계속 참여한다.

B: 연애 유학을 사퇴하고 연기 현장으로 돌아간다

===

내가 발송한 【운명의 선택】을 본 칸다는 나의 말투를 따라 하며 이렇게 말했다.

"'칸다는 연기에 집착하고 있고 연기를 아주아주 좋아해. 분명 그게 칸다 레오나인 거야. 그러니 이제 내 아내라는 시시한 배역을 연기할 필요는 없어. 이런 곳에서 방황할 때가 아니잖아? 그런 것보다도 지금이 아니면 연기할 수 없는 역할을 할 수 있도록, 지금 당장이라도 연기의 현장에 복귀해야 해'…… 맞지?"

"……응, 그렇게 생각해."

완전히 정확하게 알아맞힌 탓에 쓴웃음이 떠올랐다.

"하지만 칸다의 말대로 선택권은 칸다에게 있어."

이건 플라워 세리머니가 아니다. 나는 입장상 확실히

『A: 연애 유학에 계속 참여한다』를 선택할 것이다. 나머지는 칸다가 생각한 대로 선택하면 될 뿐이다.

"있지, 히라카와."

칸다는 살짝 내 오른손을 잡고,

『A를 선택하길 원한다면 오른손으로 코를 만지고, B를 선택하길 원한다면 왼손으로 귀를 만져줘.』

——살포시 내 코에 가져갔다.

"고마워."

칸다는 울먹이는 눈으로 미소 지으며 스마트 워치에서 대답을 선택했다.

내게 그 알림이 도착했다.

===

신이치 님과 마찬가지로 『A: 연애 유학에 계속 참여한다』를 선택한 분은 없었습니다.

===

"……그래."

그녀는 나를 꼭 껴안았다.

"……그래도 히라카와. 이 유학은 결코 방황했던 시간이 아니었어."

귓가에 속삭여 오는 예쁜 목소리.

"어째서?"

"'사랑'이라는 감정을 이제야 선명하게 알게 됐으니까."

"그건……."

그녀의 쿵쾅거리는 심장 소리가, 그리고 젖어 있는 목소리가 무엇보다도 좋은 대답이었다.

그리고 칸다는 나에게서 몸을 떼고, 순간 들렸던 젖은 목소리가 거짓말이었던 것처럼 예쁜 미소를 지어 보였다.

"그러니까, 이제는 자신 있게 사랑하는 여자아이를 연기할 수 있어."

그 미소가 연기였는지, 진실이었는지는 모르겠지만.

"고마워, 히라카와. 내 첫사랑이 너라서 다행이야!"

칸다 레오나가 아니면 지을 수 없는 미소였다는 것만은 확실하다고, 나는 그렇게 생각했다.

그리고 칸다는 내 등 뒤로 다가와서 눈앞에 있는 썰물 정류장 밖을 가리키며 내 등을 꾹 밀었다.

"……가야 할 길은 보이지 않았을 뿐 계속 거기에 있었구나."

거기에는 조금 전까지의 거친 날씨가 거짓말이었던 것처럼 맑은 하늘이 비치고 있었다.

## 제9장
## Round6: 궁극의 이해관계

"하아, 하아……!"
나는 칸다가 가르쳐준 절벽을 목표로 달리고 있었다.
그리고 그 기슭에 자리한 동굴에 도착했다.
하지만.

"없어……?!"

거기에 사키호는 없었다.
동굴을 빠져나와 봤지만, 여전히 찾지 못했다.
나는 발길을 돌려 절벽을 올라갔다.
혹시 높은 곳으로 가보면……!
나는 다리를 필사적으로 움직이며 머리를 굴렸다.
……그랬다. 우리는 지금 전원 데이트 상태가 되었다.
칸다가 탈락했을 때 모두 부활한 것이다. 그것은 현재 물리적으로 데이트에 참여하는 것이 가능해진 사키호도 마찬가지였다.
그렇다면.
나는 달리면서【운명의 선택】을 발송했다.

===

【운명의 선택】

1분 뒤 남섬에 있던 사람과 데이트할래?

A: YES

B: NO

===

제한 시간은 10초.

뭐든 상관없었다.

어쨌든 사키호가 거절하는 것과 다름없으니 다른 멤버 중 누구 한 명이라도 긍정한다면.

10초 후 알림이 왔다.

===

데이트 연장 진행자는 신이치 님과 마찬가지로『A: Yes』를 선택한

칸다 레오나 님

한 분입니다.

===

"……고마워, 간다."

역시 칸다.

떨어져 있어도 나의 마음을 정확하게 파악해 주었다.

——이것으로 사키호의 위치를 알 수 있다.

절벽을 거의 다 올라간 곳에서 알람 소리가 울렸다.

"……사키호."

10m 이내에 사키호가 있다는 뜻이었다.

더 이상 다가가면 사키호에게 전류가 흐르고 만다.

나는 스마트 워치를 풀어서 내던졌다.

"아깝네."

하지만 아까 칸다와 계곡 아래에 가기 전에 주조 씨에게 허가는 받았다.

허락이라고 할까, 근처에서 뛰어놀던 작은 개구리를 잡아서 손바닥에 올려두고

"주조 씨, 만일의 경우 신부 후보의 안전을 위해 이 스마트 워치를 벗을 건데 괜찮을까요?"

라고 물어본 것뿐이지만.

그건 협박에 해당하는 걸까, 라는 생각을 하지 않은 것은 아니었지만.

그리고 1분 뒤.

나는 사키호를 찾았다.

——거의 최악의 상태인 사키호를.

"사키호!"

사키호는 절벽 아래에서 고무보트에 매달려 있었다.

리아와 유우와 했던 데이트 때 탄 고무보트다.

"우아아아아아악!"

정신을 차려보니 나는 절벽에서 바다로 뛰어들고 있었다.

순간 세상이 어두운 남빛으로 가라앉으며 숨을 쉴 수 없게 되었고, 몇 초 후 폐로 다시 공기가 돌아왔다. ……괜찮아, 무사해.

거센 파도에 휩쓸리면서도 천천히, 확실히, 사키호에게 다가갔다.

"신, 이치……! 높은, 곳에서……."

내 이름을 부르며 미소 짓고 눈을 감는 사키호.

"뭐 하는 거야, 수영도 못하면서……."

"그치만 신이치, 가……."

거기까지만 말하고 사키호는 스르륵 눈을 감았다. 역시나 여기서 맥까지 잡아볼 여유는 없었지만, 아마 몸을 맡길 수 있는 존재가 온 덕분에 안심하고 의식을 내려놓은 것뿐이겠지.

어쨌든 육지로 돌아가는 것이 최우선이었다.

그렇지만 의식을 잃은 사키호를 데리고 이 거친 파도 속에서 해변까지 헤엄칠 수 있을까…….

고민하던 그때였다.

"히라카와! 시나가와!"

무척 매력적이고 선명한 목소리가 내 귓가에 와 닿았다.

"받아!"

위를 보니 유일하게 내 스마트 워치에 접근할 수 있는 신부 후보——칸다 레오나가 내가 뛰어든 높은 절벽에서 구조용 튜브를 던져주었다.

"나이스 피칭……!"

나는 그걸 잡아서 사키호에 걸었다.

해변으로 올라갔지만 사키호는 여전히 눈을 감은 채였다. 물에 빠진 사이에 물을 먹은 것 같았다.

아까 칸다가 있던 장소에서 여기까지는 육로로 오면 우회해야 하므로 꽤 멀다.

왔다고 해도 칸다가 '그것'의 방법을 알고 있을지 어떨진 모른다. 나는 오토바이 교습 때 배우긴 했지만 딱히 학교에서 배운 것은 아니다.

……더는 기다리고 있을 때가 아니었다.

나는 결정을 내렸다.

사키호의 코를 잡고, 스읍…… 하고 숨을 들이마시고.

……사키호의 입술에 입술을 대고 숨을 불어 넣었다.

두 번 반복하고 가슴팍을 압박했다.

그러자 조금 뒤에,
"콜록, 콜록……."
사키호의 호흡이 무사히 돌아왔다.
"다행이다……."
멍한 눈의 사키호가 나를 올려다보았다.
"이건, 신이치의, 퍼스트, 키스……?"
"바보야……."
그렇게 말하면서도 안도의 한숨을 내쉬었다. 그런 걸 신경 쓸 정도라면 이제 괜찮겠지.
"나, 이대로 해도 괜찮을 것 같아……."
"바보, 죽지 않게 하려고 해 준 거야."
사키호는 내 뺨에 손을 얹고 미소 지었다.
"왜 바다에 들어가려고 한 거야?"
"왜냐면, 이걸 겨우 찾았으니까……."
그렇게 말한 사키호는 손안에 쥐고 있던 것을 보여주었다.
"이건……!"
그것은 납작하고 반들반들한 돌멩이였다.
"사키호, 혹시……."
"나 말이야, 물수제비를 한 번 더 알려 달라고, 같이 하자고 말하려고 했어."
사키호는 미소를 지으며 말을 이었다. 점점 의식이 돌아오는 듯했다.

“신이치가 이 섬에서 나를 위해 수영하는 걸 피해 주거나 했잖아. 그런 모습들을 보면서 내가 신이치에게 걸고 있던 족쇄의 무게를 깨달았어. 그리고 그게 바로 신이치가 스토커인 나를 거절할 수 없는 이유라는 것도. 신이치가 누구보다 상냥하다는 걸 난 아니까.”

그것은 아까 칸다에게서도 들은 말이었다.

『히라카와는 시나가와가 수영을 못하게 된 이유가 자신에게 있다며 스스로를 계속 책망하고 있어. 그래서 특히 물가에서는 필연적으로 시나가와에 물러질 수밖에 없는 거야. 책임을 져야 하니까.』

“어쩌면 이 책임이 사라진다면 신이치는 어디론가 가버릴지도 몰라. 오히려 ‘책임져’라는 말로 신이치를 다그치면 신이치는 나를 선택해 줄지도 몰라…… 하지만…….”

잠시 뜸을 들이고는,

“그런 건 진정한 사랑이 아니잖아?”

그녀가 단언했다.

“진실한 사랑이라는 게 뭐야……?”

나는 그 강한 마음에 압도되어 멍하니 물었다.

자신이 얻고 싶은 것을 위해, 집착하는 것을 위해, 무슨 짓을 해서라도 다른 사람을 밀어내고 앞질러서 이겨낸다.

연애 유학이란――인생이란 그런 승부가 아닌가?

“그 정도는 당연히 알고 있어야 하는 상식 아냐?”

하지만 그녀는 뒤엉킨 나의 뇌 속에 빛을 비춰주는 듯한 목소리로 말했다.

"신이치가 '어쩔 수 없이'한 선택이 아니라, 진심으로 선택한 길이 아니면 신이치는 행복해질 수 없어."

"나의 행복……? 사키호의 행복이 아니라?"

"내가 행복을 느끼는 순간은 신이치와 있을 때가 아니라."

사키호는 성모처럼 웃어 보였다.

"신이치가 행복한 얼굴을 하는 걸 볼 때인데?"

"사키호……!"

"그러니까 신이치가, 더는 나한테 미안해하지 않을 수 있도록. 신이치의 족쇄가 풀릴 수 있도록. 제대로 된 출발선에 설 수 있도록 물수제비를, 같이 하고 싶었어."

"바보야, 사키호가 빠지면 아무 소용도 없잖아……!"

무의식중에 나는 사키호를 껴안고 있었다.

"신이치도, 나를 살리기 위해 높은 곳에서 뛰어내렸으면서……."

"그건……."

그런 건, 당연하다. 그보다는 듣고 나서야 내게 낙하 공포증 있었다는 사실이 떠올랐다. 뛰어든 순간에는 그런 것은 생각조차 하지 못했다.

아니, 정확히 말하면 그것보다 무서운 것이 있었다.

——사키호를 잃는 것이 무엇보다 가장 무서웠다.

"에헤헤, '이해가 일치하는 사이'라는 건 이런 걸 뜻하는 거였구나."

"……이해?"

"신이치가 늘 말했잖아? 이해의 일치라고. 나도 조금은 알게 된 것 같아."

"나랑 사키호의 이해가 일치한 적이 있었어? 나는 스토킹당하고 싶지 않은데 사키호는 스토킹하고, 오지 말라고 해도 계속 오고……."

"무슨 소리야. 당연히 일치하는걸? 왜냐하면……."

『무슨 소리야. 당연히 일치하는걸? 왜냐하면――.』

말이, 모습이 겹쳤다.

……그리고 그 끝을 사키호는 말했다.

"신이치가 행복하면 할수록 나는 더 행복해져. 내가 행복하면 할수록 신이치도 더 행복해지고. 아니야?"

"사키호……."

할 말을 잃은 나를 향해, 그녀는 멈추지 않고 말을 덧붙였다.

사실은 지금까지 단 한 번도 나한테 하지 않았던 말을.

"사랑해, 신이치."

## 제10장
## 급전개와 급선회

"죄송합니다."

그날 이른 오후.

코티지에 모인 모두의 앞에서 칸다가 지금까지의 경위를 설명하고 깊이 고개를 숙였다.

약간의 침묵이 흐르고, 어색한 공기가 됐다고 생각했는데.

"저기, 신. 레오나는 뭘 사과하는 거야?"

유우가 내 옷을 잡아당겼다.

"음, 그건……."

내가 아니라 칸다가 의아한 얼굴로 고개를 들었다.

"그야 내가 그런 말을 하지 않았다면 시나가와는……."

"레오나가 사키호가 수영을 못 한다는 걸 알고 일부러 바다에 밀어 넣기라도 했어? 단순히 조언해 준 것뿐인데 그걸로 사키호가 혼자 폭주한 거지? 게다가 그 조언이 완전히 틀린 말도 아니었고."

"마논도 이해할 수 없어요. 딱히 거짓말을 한 것도 아니고, 하물며 폭풍을 일으킨 것도 아니에요. 레오나 씨의 그 행동이 아웃이라면, 전원이 다 아웃인 거겠죠."

"그렇지이♡ 그걸 떠나서 다리를 끊어버린 사키호가 제

일 크게 잘못한 거 아니야?♡"

유우와 마논과 리아는 용서한다기보다는 문제로 생각하지도 않는 것 같았다.

"저기, 그거 다 내가 말해야 하는 대사인데, 모두가 말하는 건 이상하지 않아……?"

침대에 앉은 사키호가 얼굴을 찌푸렸다.

"""""……."""""

하지만 다른 3명은 모두 무시.

다들 원래 이렇게 사키호에게 냉담했었나……?

그렇게 생각하고 있는데.

"이해할 수 없어요. 오빠한테 첫 키스를 받아놓고 그것도 모자라 동정까지 차지하려는 건가요? 비열한 사람이네요."

"진짜 최악이야. 이 나도 볼로 참아줬는데. 사귀고 나서 어쩌고 하는 그 정책은 어디로 간 거야?"

"맞아. 다른 처음은 리이가 가져갈 거야."

아아, 그래서 냉대를 받는 거구나…….

"……흐헷."

흐헷?

"흐헤헤헤헷, 다들 미안해? 신이치의 첫 키스를 내가 차지해서. 하지만 이것도 어쩔 수 없는 일 아닐까? 신이치가 진심으로 내가 살기를 원했다는 뜻이잖아? 나에게 첫 키스를 주고 싶다고 생각했다는 거잖아? 게다가 내가 누구보다 먼저 신이치와 키스하고 싶다고 생각했으니까 내가 갖는 게 당연하지 않을까? 오사키 스미레조차 못했던 일을, 내가 해 버렸네? 후헤헤헤헤…….”

“……시나가와가 행복해 보여서 다행이야.”

“뭐, 일단 레오나가 신경 쓸 일은 없다는 거지.”

“그러게.”

칸다는 안도의 한숨을 내쉬었다.

참고로 조금 전에 주조 씨와 칸다와 상의해서 칸다가 사퇴하는 이야기는 롯폰기로 돌아가기 전까지는 하지 않기로 했다.

플라워 세리머니가 의미를 잃게 되기 때문이었다.

주조 씨가 입을 열었다.

“이것으로【운명의 선택】은 모두 끝입니다. 이어서 결과 발표를 하겠습니다.”

주조 씨가 손가락을 딱 튕기자, 벽의 프로젝터에 슬라이드가 표시된다.

“결과 발표? 뭐야?”

“이해할 수 없어요. 이번에는 대결 방식이 아닐 텐…… 앗.”

“그러고 보니 그게 남아있었지? ……어, 하는 거야?”

“이미 무적 상태니까 상관없지 않을까?”

“후헤헤…….”

거기에 표시된 슬라이드는 이러했다.

===

【결과 발표】

신이치 님과 같은 답변을 한 횟수는……

1위: 칸다 레오나 님(10회)

1위: 시부야 유우 님(10회)

3위: 메구로 리아 님(7회)

4위: 히라카와 마논 님(6회)

5위: 시나가와 사키호 님(2회)

입니다.

===

“예상 그대로의 결과잖아요. 이해할 수 없어요. 이런 건 마지막에 반전이 일어나는 법 아닌가요?”

“아하하, 디아슬리 때는 그렇게 됐지만……. 뭐, 현실이 이야기처럼 그렇게 잘 풀리진 않는다는 거겠지.”

“하지만 다시 말해 이건 신이 맞춰줬을 때를 제외하고 사키호는 완벽하게 오답을 맞췄다는 거잖아……?!”

“하아…… 그러게애. 모든 문제에서 오답을 내기 위해선 모든 문제의 정답을 아는 지식이 필요하다는 건가…….”

4명의 신부 후보가 저마다 한마디씩 불평을 하는 가운데

슬라이드가 바뀌었다.

"어……?!"

나를 포함한 6명이 탄성을 내질렀다.

===

따라서 마지막 1on1 데이트를 가실 분은

히라카와 마논 님

입니다.

===

"말도 안 돼……!"

조금 전까지 함박웃음을 짓고 있던 사키호의 표정이 급속도로 시들었다.

"저기, 왜 이런 거죠? 집계 오류인가요? 제가 제일 적잖아요?"

"시나가와 님은 아직 데이트를 하러 가실 상황이 아니기 때문입니다. 물리적으로 참가할 수 없는 경우는 집계에도 불참하게 됩니다."

그녀의 질문에 주조 씨가 단호하게 대답했다.

"아니, 전 갈 수 있어요. 만약 움직일 수 없다면 간병 데이트라는 것도."

"아직 데이트하러 가실 상황이 아니기 때문입니다."

물고 늘어지려는 사키호를 주조 씨가 다시 한번 가로막았다.

"저기 레오나, 이거 혹시……."

"아하하, 주조 씨도 어쩌면 화가 난…… 걸까?"

"무서워어……."

그리고 놀라서 눈이 휘둥그레지는 내 의붓동생.

"마논, 이제야 오빠랑 단둘이 있을 수 있는 건가요……?"

맑게 갠 하늘.

나와 마논은 단둘이서 북섬의 저물어 가는 해안을 걷고 있었다.

"별일이네, 햇빛은 별로 안 좋아하면서 자청해서 이런 곳을 고르다니."

스마트 워치를 버린 탓에 더 이상 【운명의 선택】 시스템은 없다.

이 추가 데이트 내용 자체에도 별다른 희망 사항이 없었기에 마논에게 맡겼더니 "북섬 해안을 걸어요, 오빠"라는 대답이 돌아온 것이다.

"뭐, 모처럼이니까요. 그나저나 오빠, 이 근처는 지반이 조금 안 좋아서 오빠의 여동생은 가끔 넘어질 것 같아요."

"오빠의 여동생이라면 본인이잖아……. 조심해……?"

무슨 소리인가 싶어 내가 미간을 좁혔다.

"이해할 수 없어요. 마논의 오빠는 얼마나 눈치가 없는 거죠? 예부터 여동생이 넘어지지 않도록 손을 잡아주는 건 오빠의 의무라고 생각하는데요."

"아아, 그런 거였구나……."

"……이제 됐어요. 오빠한테는 더 이상 기대 안 해요."

마논은 그렇게 말하고는 내 손을 꼭 잡는다.

"오빠가 먼저 잡아주길 기대했던 마논이 바보였어요."

그리고 아주 조금 입꼬리를 올리고 이쪽을 올려다본다.

"어어……."

……거기서 나는 마논이 내 너머에 있는 무언가를 보고 있다는 것을 깨닫고 뒤를 돌아보았다. 그러자.

"아아, 그래서 북섬의 해안을 선택한 거구나……."

남겨진 4명이 조금 전까지 전원이 모여 있던 코티지 창문에 달라붙어 이쪽을 보고 있었다.

"이해할 수 없어요. 오빠가 무슨 말을 하는지……."

태연한 얼굴로 대답하는 마논. 알고 있으면서도…….

"농담은 이쯤하고."

마논은 목소리 톤을 낮추고 나를 물끄러미 바라보았다.

"중요한 이야기가 있어요, 오빠."

시즌1 때부터 줄곧 안고 있었을 그 이야기를 드디어 듣게 되었다.

“사실 신노스케 아버지와 마논은 어떤 협정을 맺었어요.”

마논은 그런 고백으로 이야기를 시작했다.

“협정……? ‘자신만을 위해, 좋아하는 것만 해도 된다’는 걸 말하는 거야?”

“그것도 맞지만, 그것뿐만이 아니에요.”

“……?”

미간을 좁힌 나에게 마논은 상상 이상의 사실을 들이밀었다.

“마논은 AI로 죽은 자의 의식을 소생시킬 생각이에요.”

“소생……?!”

갑자기 튀어나온 너무나도 허황된 이야기에 나는 눈을 동그랗게 떴다.

“갑자기 이런 말을 해서 죄송해요. 하지만 사실이에요. ……조금 더 그 전제가 되는 부분부터 이야기해 드릴게요. 오빠도 알고 있다시피 마논의 부모님은 마논이 3살 때 교통사고로 돌아가셨어요.”

“그래…… 그렇게 말했었지.”

마논이 이야기를 이어갔기에 일단 듣기 위해 자세를 바로 했다.

“마논은 계속 부모님과 이야기를 나누고 싶었어요. 어떻게든 그걸 실현할 수 없을지 고민하며 지내던 어느 날, 인공지능의 힘으로 그걸 이룰 수 있지 않을까 하는 가설을 세웠습니다. AI에게 그동안 마논의 아버지와 어머니가 했던 말이나 적었던 말을 학습시켜서 대화를 할 수 있도록 성장시키는 거예요."

"혹시, 그래서……?"

뿔뿔이 흩어진 나의 의문을 정확히 파악한 마논이 작게 고개를 끄덕였다.

"네, 그걸 위해서 마논의 부모님이 사용하던 스마트폰과 AI의 데이터가 있는 히라카와의 데이터 서버를 해킹하려 했습니다."

히라카와가 개발한 스마트폰에는 오래전부터 AI 어시스턴트 기능이 탑재되어 있었다. 『Hello, Trind』라고 말을 걸기만 하면 실행되고, 그것으로 여러 가지 것들을 지시할 수 있다.

음성 인식으로 실행시킨다는 규격상 항상 주위의 음성을 수집해야 한다. 그렇기에 히라카와 쪽에서 Trind가 실행되지 않았을 때 수집된 음성 데이터까지 포함한 모든 정보를 보관하면서 빅데이터로 활용하고 있다는 소문이 과거 나돌았었다.

그래서 마논은 그 방대한 데이터에서 자기 부모님과의 대화 데이터를 추출하려고 했던 것이다.

초등학교 2, 3학년 아이들이 생각할 만한 내용은 아니었지만, 그 부분은 그녀가 마논이니까, 라는 말로 설명할 수 밖에 없었다.

"결국 그건 막혀버렸지만, 의붓아버지――히라카와 신노스케 씨는 마논이 하려고 했던 것을 알아차렸습니다. 그리고 협력하겠다며 손을 내밀어 주셨어요."

거기까지 듣고, 다시 한번 마논이 자기소개 때 말했던 것이 플래시백 되었다.

『마논은 인형을 만들고 싶어요.』

"그럼 그 인형이라는 게 설마……!"

마논이 작게 고개를 끄덕인다.

"네, 마논은 죽은 사람과 대화할 수 있는 인형을 만들 생각이에요."

"지, 진짜? 실환가……."

"오빠, 말투가 젊은 애들 같아졌어요."

아니, 같은 게 아니라 이 오빠도 나름대로 젊은데……? 그보다.

"그렇다는 건 내 아버지도 목적이 같다는 건가."

"네. 즉 신노스케 아버지는 오빠의 어머니를 되살리기 위해 필사적으로 매달렸던 거예요."

"맙소사……."

이 아들은 소름이 돋았습니다, 아버지…….

"근데 왜 아버지는 그걸 나한테 알려주지 않으신 거지?"

"몇 가지 이유가 있어요."

"하나가 아닌 거냐……."

"애초에 비밀리에 실행하고 있던 계획이에요. 어찌됐건 히라카와의 AI가 인식용으로 저장한 사용자의 목소리 데이터를 해킹해야만 가능한 이야기니까요."

"아, 그건 그렇지……."

큰 문제다.

"게다가 윤리적으로도 문제가 될 수 있어요. 의식뿐이라고는 하지만 죽은 사람을 소생시키는 거예요. 어떻게 보면 클론을 만드는 것과 똑같은 일이죠."

"그래……."

너무나 SF스러운——즉 픽션 같은 이야기이긴 했지만, 복제 기술로 인간을 생성하는 것이 윤리적 금기에 어긋난다는 말에 대해선 들어본 적이 있었다.

"그리고 무엇보다도 신노스케 아버지는……."

거기서 마논은 잠시 말을 멈추더니,

"오빠가 자신과 같은 길을 걷지 않기를 바라셨어요."

그렇게 말했다.

"그건 또 무슨 뜻이야……?"

"신노스케 아버지는 카에데 씨의 마지막을 지키지 못했습니다. 그건 너무나도 바쁜 일 때문이었어요."

"그건, 뭐……."

우리 아버지는 어머니가 위독하실 때 해외 출장을 간 상태였다.

막바지 단계에 접어든 프로젝트가 있었고, 만약 그것이 성사되지 않으면 대규모 구조 조정을 하게 될지도 모르는 절박한 상황에서, 아버지는 어머니보다 회사를 선택했다.

나는 그 선택만으로 시시비비를 판단해 탓할 수 없다고 생각했다. 어머니는 속은 어땠는지 모르지만 적어도 입으로는 "괜찮아. 딱히 그 사람이 돌아온다고 낫는 것도 아니니까"라며 웃으셨다.

하지만 정작 아버지는…….

"신노스케 아버지는 극심하게 후회하셨어요. 그 후회가 도저히 지워지지 않는다고, 그리고 무슨 일이 있어도 마지막으로 꼭 하고 싶은 말이 있었다고. 그 말을 전했을 때 카에데 씨가 어떤 반응을 하는지, 그것만이라도 보고 싶었다고, 그렇게 말씀하셨습니다."

"그랬구나……."

마논에게 그런 말을 했다는 것은 당연히 시간 순서상 어머니가 돌아가신 뒤라는 이야기가 된다. 즉 지금의 폭군으로 알려진 남자가 된 후에 그는 그런 사실을 털어놓은 것이다.

"그리고 이 AI에 의한 사자 소생 프로젝트의 존재를 들은 시점에서 오빠는 이 프로젝트에 사활을 걸어야 해요.

스스로 선택해서 뜻을 둔 마논과는 달리 오빠에게 그런 결단을 강요하는 짓을, 신노스케 아버지는 하지 못했습니다."

"으음……."

아버지의 배려인지 참견인지는 모르겠지만, 그 이유는 어렴풋이 알 수 있었다.

하지만, 그렇다면 더더욱.

"마논은 왜 나에게 그걸 말해 주는 거야……?"

"이해할 수 없어요."

마논은 얼굴을 찌푸렸다.

"그건 자기소개할 때 이미 말했을 텐데요? 신노스케 아버지가 은퇴하기 전에 이 프로젝트가 성공한다고는 장담할 수 없어요. 그렇다고 하면 다음 기생처는 오빠밖에 없지 않나요?"

"기생처라니. 아니, 그건 그렇긴 한데, 지금 마논에게 들어버려서 나, 더는 되돌아갈 수 없는데……?"

당연한 질문을 하자 마논은 다시 한번 "이해할 수 없어요" 하며 고개를 갸우뚱했다.

"왜 마논이 오빠의 장래를 생각해야 하죠?"

"에엑……."

사키호가 제일 위험하다고 생각한 사람 누구야, 내 의붓동생도 완전 위험하잖아.

『언젠가 때가 되면 오빠랑 결혼해야 한다고 생각했거든요.』

마논이 나를 좋아하지 않는다고 말했던 이유도 전부 납득이 갔다.

마논은 츤데레도 쿨데레도 아닌, 진짜 말 그대로 자신의 목적을 위해서 나를 이용하려고 한 것이다.

"……뭐, 그것뿐만은 아니지만요."

"응?"

"어제 리아 씨한테 이상한 말을 들었어요."

"이상한 말?"

갑자기 바뀐 이야기에 나는 고개를 갸웃했다.

"오빠로서의 오빠…… 히라카와 신이치와 남편으로서의 히라카와 신이치 중 어느 쪽이 좋냐고요."

"어어……."

그것참 철학적인 질문이구나……?

"처음에 무슨 말을 하고 싶은 건지 몰랐어요. 의미 없는 질문이라고 생각했어요. 하지만 하룻밤 생각해 보고 알았어요."

"어땠어?"

"의미 없는 질문이라는 걸 알게 됐어요."

속으로 크게 고꾸라지는 나를 조금도 개의치 않고 마논은 진지한 얼굴로 말을 이었다.

"오빠가…… 히라카와 신이치가 히라카와 신이치인 한, 마논은 함께 있고 싶다고 그렇게 생각해요."

"마논……!"

그 말은 나에게 큰 충격을 안겨주었다.

"그건……."

"……몰라요. 다시 본론으로 돌아가죠."

"아니, 하지만……."

"안 돼요. 돌아갈 거예요."

마논은 뺨을 붉히며 나를 찰싹 때렸다.

"하아……."

나는 체념 섞인 한숨과 묘하게 솟아오르는 수수께끼의 웃음을 토해내며 마논을 다시 바라보았다.

"그럼 다시 본론으로 돌아가서……. 마논은 우리 아버지가 사실 착한 사람이라고, 그렇게 말하고 싶은 거지?"

"뭐, 사용자의 목소리를 멋대로 가져가거나 사자 소생에 손을 대고 있는 걸 착한 사람이라고 할 수 있는지는 모르겠지만. 그래도 오빠가 생각하는 것처럼 나쁜 사람은 아니라고 생각해요."

대충 예상은 잡히기 시작했지만, 일단 의혹을 먼저 해소해 두자.

"'성수기에 유급 신청을 제출한 사원에게 분노하여 지방으로 좌천시켰다'는 건?"

"그 직원이 성수기에 유급 신청을 제출한 이유는 후쿠오카 본가에 계신 어머니가 큰 병에 걸려 어떻게든 친정에 귀성해서 한번 뵙고 싶다는 이유에서였어요. 그래서 신노스케 아버지는 그 사원의 희망을 바탕으로 후쿠오카 지사로 전근을 보낸 거예요."

그렇구나.

"'출장 중 자신에게 말대꾸한 관리직을 당장 해고하겠다고 협박했다'는 건?"

"그것도 똑같아요. 해외 출장 중 자녀가 교통사고를 당해 골절을 입었다는 연락을 받은 관리직 직원에게 신노스케 아버지는 '당장 돌아가라'고 지시했어요. 하지만 그 관리직은 '대단한 일이 아니니 이대로 출장을 계속하겠습니다'라며 말대꾸를 했죠. 입씨름 끝에 아버지는 '돌아가지 않는다면 널 해고하겠다'라는 엄포를 놓으며 돌려보내게 된 거예요."

그렇겠죠…….

"그럼 '무슨 일이 있어도 자신을 거스르지 않겠다는 서약서에 서명한 인간만 모인 부서를 만들어 특별 대우를 하고 있다'라는 건……."

"그건 이 AI로 사자 소생을 하기 위한 부서를 말합니다. 마논도 거기 멤버입니다."

"그런 거였구나……."

나는 전의를 상실하고 말았다. 마지막 것은 몰라도 앞선 두 가지는 진상을 알려줘도 좋지 않았을까.

"정말이지, 난 아버지한테 신뢰받지 못하는구나."

마른 웃음을 내뱉은 순간.

"그렇지 않아, 히라카와 군."

……유리처럼 맑고 날카롭고 투명한 그녀의 목소리가 들려왔다.

뒤를 돌아보자, 그곳에는.

"오사키……?!"

나의 유일한 전 여친 오사키 스미레가 팔짱을 낀 채 못마땅한 표정으로 서 있었다.

"어떻게 여기에……?"

"히라카와 군에게 전해야 할 말이 있어서 일부러 날아왔어, 말 그대로 헬리콥터를 타고 말이지. 네가 이 문명사회 속에서도 스마트폰 없이 지내는 판타지틱한 짓을 하고 있으니 이렇게 직접 올 수밖에 없었어."

"이 장소는 어떻게 알았어?"

"주조 씨와 연락처를 교환해 뒀어."

"그럼 주조 씨에게 전화해서 바꿔 달라고 하면 됐잖아?"

"앗."

앗?

"무슨 수를 써서라도 히라카와의 얼굴을 보고 싶었어. 뭐가 잘못됐어?"

그 대사는, 아무것도 감춰지지 않았는데…….

"이해할 수 없어요. 미련한 것도 정도가 있지 않나요?"
"흥. 그럼 이해하지 못한 채로 있든가. 그것보다……."
오사키가 살짝 내 옆으로 몸을 숙였다.
"그게 아니야, 히라카와 군. 네 아버지와 이야기를 했어."
"그건 또 어째서……?"
"히라카와 군이 보냈던 메시지가 있었잖아. 그 건에 관해 곧바로 우리 아빠가 히라카와네 아버님께 연락을 드렸다나 봐. 그랬더니 돌려받은 내 핸드폰으로 전화가 왔어."
"우리 아버지가……?"
그는 눈코 뜰 새 없이 바쁜 줄로만 알았는데.
"연애 유학에 대해 모르고 계셨던 것 같아. 그래서 우선은 주조 씨에게 전화했다는데, 주조 씨에게는 착신 거부를 당하셨다고……."
"허어……."
반항기 어린애 같은 짓 하지 마세요, 주조 씨…….
"그래서 이런저런 질문을 받았어."
"아아, 내 어머니가 벌인 일이 마음에 걸렸다는 건가……."
카에데에 한해서라면 정말 상당한 애처가라고 할까, 거의 와이프 콤플렉스 수준의 영역이니까…….
"그것도 그렇지만, 질문은 너에 관한 것뿐이었어."
"나……?"
"신이치는 잘 지내고 있냐, 신이치는 어떤 말을 했느냐,

그런 말만 계속. 정말이지. '저기요, 제가 지금 당신 아드님한테 차인 직후인데 제정신이세요?'라고 무심코 반격할 뻔했어."

"허어……?"

아버지가 나를 신경 쓰고 있다는 사실에 머리가 따라가질 못한 탓에 오사키가 살짝 뒤숭숭한 말을 하고 있었음에도 대응할 수 없었다.

"뭐, 어쨌든. 아버님은 히라카와 군이 인맥 미니멀리스트가 된 진짜 이유를 알고 계셨어."

오사키의 말에 소름이 돋았다. 몸과 마음이 잔뜩 경직된 상태로 다음 이어지는 말을 들었다.

"히라카와 군은 더 이상 소중한 사람을 잃고 싶지 않아. 그래서…… 더는 아무도 소중한 사람을 만들고 싶지 않은 거지?"

"……!"

"그래서 아버지는 히라카와 군을 방치하셨던 거야. 돈만 보내는, 피만 이어져 있을 뿐 냉혹하고 무자비한 아버지 행세를 하려 한 거야. 요컨대…… 미움받으려 했다는 거지."

오사키는 코로 한숨을 한 번 내쉬었다.

"그걸 듣고 알았어. 히라카와 군이 마논 씨를 두고 집을 나간 이유도, 시나가와 씨가 집에 오는 걸 거절하는 이유도."

그것을 인정하지도 못하는 나를 어이없다는 듯, 하지만 조금은 상냥하게 바라보았다.

"……두 사람, 정말 판박이야."

"그렇다면 난……."

나는 참지 못하고 몸을 일으켰다. 당장이라도 돌아가야 할 것 같았다.

"마논, 미안. 데이트는 여기까지만 해도 될까?"

"뭐, 하고 싶은 얘기는 다 했으니까요. 하지만 스미레 씨는 괜찮나요? 모처럼 이런 곳까지 왔는데, 등장 시간이 몇 분밖에 안 되는데요."

"아, 아아…… 그렇지. 오사키. 다른 애들도 만나고 갈래?"

내가 창문을 가리키자, 창문에 붙은 4명이 크게 손을 흔들거나 뛰거나 창문을 두드리며 이쪽에 자기주장을 하고 있었다.

이런 일이 있는데도 주조 씨는 방에 모두를 가둬두고 있었다.

"왜 내가 저 여자들을 만나야 해?"

오사키는 불쾌하다는 듯 얼굴을 찌푸렸다.

"왜냐니……. 그, 인사…… 라든가?"

"난 저 애들이 미치도록 싫은데?"

"아, 아아……."

뭐, 오사키답다고 하면 오사키다울지도 모른다.

"이해할 수 없어요. 정말 오빠만 만나려고 여기에 온 건가요……?"

"아니, 마논 씨. 네게도 볼일이 있어."

"뭐죠……?"

"나, 너희들의 그 프로젝트에 참여하기로 했어."

"네……?!" "어……?!"

히라카와 남매는 동시에 경악의 탄성을 내뱉었다.

"가벼운 선물로 일본 최대 통신업체 오사키 홀딩스의 통화내역을 전부 가져갈게."

오사키는 한쪽 눈을 감아 보였다.

"……이, 이해할 수 없어요. 그건 굉장히 유용한 데이터가 되겠지만, 스미레 씨는 누구를 되살리고 싶은 거죠?"

"뭘 당연한 걸 묻는 거야."

그러면서 오사키가 내 팔을 잡았다.

"언제든지 히라카와와 이야기할 수 있도록 히라카와의 AI를 내 스마트폰에 넣고 싶어."

"실화냐……."

이번에는 마논의 말투가 변하고 말았다.

## 제11장
## 플라워 세리머니

롯폰기에는 헬리콥터를 타고 돌아왔다.

주조 씨를 포함한 7명(오사키는 정말 인사하지 않고 돌아갔다)을 조종사를 제외한 5인승 2대로 실어 나르게 되었는데, 주조 씨가 배려를 해 준 것인지 나와 주조 씨 2명과 신부 후보 5명이라는 배정이 되었다.

한 번 신부 후보(특히 리아, 유우)에게서 불만이 나오기는 했지만,

"신이치 님은 깊이 생각하셔야 할 것이 있습니다."

그런 설명에 모두 입을 다물었다.

주조 씨가 말하는 '생각해야 할 것'이 무엇인지를 모두가 알고 있기 때문일 것이다.

……칸다만은 읽을 수 없는 표정으로 고개를 갸웃거리고 있었지만.

그리고 나는 돌아오는 헬리콥터 안에서 어떤 부탁을 주조 씨에게 했었다.

나의 제의에 주조 씨는 눈을 크게 떴다.

“신이치 씨, 그런 짓을 해 버리면…….”
하지만 나의 굳은 결심을 받아들인 것인지,
“……알아버렸다면 어쩔 수 없지요.”
곧 웃으면서 고개를 끄덕였다.

“그럼 여러분, 마음의 준비는 되셨습니까?”
이리하여 나와 5명의 신부 후보는 롯폰기 스카이타워 옥상 리조트 수영장에 모이게 되었다.
그래, 시즌2의 끝을 알리는 플라워 세리머니다.
플라워 세리머니를 여형도에서 하지 않고 롯폰기로 돌아와서 한 것은 내게 생각할 시간을 주기 위함이었을 것이다.
하지만 헬리콥터로 돌아온 직후 바로 플라워 세리머니 개최를 부탁했다.
내 옆에는 조금 높은 사회자용 단 같은 게 있었고.
그 위에 있는 부케의 수는.
“……꽃다발이, 1개?”
마논이 깨닫고 중얼거린 사실에 다른 네 사람도 웅성거렸다.
“어떻게 된 거야……?”
“급전개에도 정도가 있지, 신……!”
“거짓말…….”
“정말 만만치가 않네, 히라카와는.”

다섯 사람의 어이없어하는, 의아해하는 목소리를 들으며 주조 씨가 말을 이었다.

"이쪽에 1개의 부케가 있습니다. 이것을 지금부터 신이치 님께서 한 분께 전달할 예정입니다. 그리고……."

주조 씨의 담백한 목소리가 울려 퍼졌다.

"그분은 신이치 님과 약혼하셔야 합니다."

다섯 명이 크게 동요했다.

그야 그럴 수밖에.

차분히 5개의 시즌에 걸쳐 1명씩 떨어뜨린다는 전제가 무너졌다.

그렇다 해도 나는.

"……그럼 신이치 님, 부탁드립니다."

그 부분은 저번과 똑같은 말과 함께 나에게 인계되었다.

"갑작스러운 변경으로 놀라게 해 드려 죄송합니다. 하지만……."

나는 더듬더듬 이야기를 시작했다.

"결과를 알게 된 이상 망설이고 있을 시간이 없었습니다. 당장 내일 저는 죽을지도 모르니까요."

『너는 몇 살까지 살 생각이야?』

『그게 내일까지일지도 몰라. 그럼 경험하기 너무 이른

나이라는 건 없지 않을까?』

나는 그것을 시부야 유우에게 배웠다.

"그동안 연애라는 것을…… 사랑은 고사하고 좋아한다는 것조차 무엇인지 사실은 몰랐습니다. 하지만 이 연애 유학을 통해서 적어도 저는 좋아한다는 마음을 알게 된 것 같습니다."

『나도 히라카와 군의 외모가 좋아, 목소리가 좋아, 성격이 좋아. ……그리고 그 전부가 만약 변해 버렸다고 해도, 히라카와 군을 정말 좋아할 거야.』

나는 그것을 오사키 스미레에게 배웠다.

"사실 줄곧 특정한 누군가를 특별하게 생각하는 게 무서웠어요. 그 사람이 아니면 채워지지 않는 부분을, 그런 마음을 갖게 된다는 것이 참을 수 없이 두려웠습니다. 하지만 그걸 극복할 방법이 있다는 것도 알게 되었습니다."

『오빠가…… 히라카와 신이치가 히라카와 신이치인 한, 마논은 함께 있고 싶다고 그렇게 생각해요.』

나는 그것을 히라카와 마논에게 배웠다.

"가족이 생긴다는 건 분명 제가 상상한 것과 다름없는 크고 무거운 족쇄일 겁니다……. 하지만 아마 그것뿐만이 아니겠죠."

『그건 그렇지만, 가족을 부양하기 위해서니까.』

『괜찮아, 이건 언니가 할 일이니까.』

나는 그것을 메구로 리아에게 배웠다.

"그것이야말로 분명…… 궁극의 이해관계가 아닐까 생각하게 되었습니다."

『무슨 소리야. 당연히 일치하는걸? 왜냐하면…….』

『신이치가 행복하면 할수록 나는 더 행복해져. 내가 행복하면 할수록 신이치도 더 행복해지고. 아니야?』

나는 그것을 시나가와 사키호에게 배웠다.

"……그래서 지금 전 1명을 정했습니다. 제가 가야 할 길을 찾았습니다."

『……가야 할 길은 보이지 않았을 뿐 계속 거기에 있었구나.』

나는 그것을 칸다 레오나에게 배웠다.

"그 한 사람의 이름을 지금부터 부르겠습니다."

다섯 사람이 마른침을 삼키는 소리가 들린 것 같았다.

그것은 어쩌면 나 자신이 낸 소리였는지도 모른다.

나는 이제부터 그 사람의——단 한 사람의 이름을 부를 것이다.

그것은 내 인생을 바꿔버릴 운명의 선택이다.

먼저 사과해 두겠다.

너무나도 예상과 똑같은 결말이라 미안하지만, 사람의 마음은 미스터리 소설만큼 복잡하게 만들어지지는 않는 것 같다.
눈을 감았다가 뜨고.
살짝 숨을 들이마셨다.

"……시나가와 사키호 씨."

눈을 동그랗게 뜬 사키호가 내 앞으로 걸어왔다.
도중부터 눈이 눈물방울로 가득 찼지만, 그래도 그녀는 이 현실을 조금도 놓치고 싶지 않다는 듯 눈을 내리깔지 않고 계속 나를 바라보았다.
"이 꽃다발을 받아 주시겠어요?"
"있잖아, 신이치……이건 꿈은 아니지?"
"꿈은 아니겠지만……."
나는 그 꿈을 떠올렸다.
"……아마 꿈이 여기까지 데려와 준 거겠지."

## 에필로그
## 재회

마지막 플라워 세리머니가 지나고 1년 후.

마침내 결혼할 나이가 된 나는 나보다 조금 늦게 결혼할 수 있는 나이가 된 사키호와 함께 차 안에 앉아 있었다.

"긴장되네……."

약혼이나 결혼 같은 일이 되면 역시 양가 부모님께 인사드리는 일은 피할 수 없다.

사키호의 부모님께 드리는 인사는 믿을 수 없을 정도로 순조로웠다. 비록 소꿉친구였기에 안면이 있다고는 해도 그 이상으로 상대방의 부모님은 나를 잘 알고 계셨다. 굉장히 상세하게, 모든 것을, 말이다. 아무래도 스토커 기질은 유전자에 뿌리박혀 있는 듯했다.

이른바 '따님을 제게 주세요' '너에게 딸은 못 준다'라는 식의 싸움을 각오하고 있었던 만큼 그런 시련이 오지 않은 것은 솔직히 감사했지만…….

어쨌든 신부 가족에게 드리는 인사 다음은 신랑 측 가족, 즉 우리 가족에게 드리는 인사였다.

"도착했습니다, 신이치 님, 사키호님."

운전을 해 준 주조 씨의 말에 나와 사키호는 교외에 있는 히라카와 기술 센터로 내려섰다.

“두 분 다 나를 환영해 주실까…….”

“……괜찮을 거야.”

자동차 대기실에서 자동문 현관을 지나자, 은색 롱 헤어의 여성이 흰 가운 주머니에 손을 집어넣은 채 우리를 맞아주었다.

“마논, 오랜만이야.”

“마논……!”

그녀는 히라카와 마논. 내 여동생이다.

“이해할 수 없어요. 오빠는 마논의 오빠인데 왜 오랜만이어야 하는 거죠? 예부터 여동생을 만나러 본가에 오는 건 오빠의 의무라고 생각하는데요?”

“여러모로 힘들다고…….”

나의 자립주의에 기반한 생활은 변하지 않았기에 아르바이트도 계속하고 있었고 성적을 유지하는 것도 바쁘다. 게다가 베리테 사장이 되기 위한 준비도 진행해야 하고 겨울에는 수능도 앞두고 있다.

“그에 비해 사키호 씨와 만날 시간은 있군요?”

“만난다기보단…….”

“아, 그렇죠, 참. 사키호 씨와 반 동거 상태였군요. 불결해요.”

마논은 휙 하고 발길을 돌려 걷기 시작한다. 나와 사키호와 주조 씨는 그 뒤를 따라갔다.

"마논, 화났어……?"

"이해할 수 없어요. 사키호 씨가 그런 걸 신경 쓰다니. 연애 유학 때는 마논뿐만 아니라 다른 신부 후보 누구에게도 그런 배려 같은 건 없지 않았나요?"

"그렇지 않아. 난 계속 신이치한테 달라붙어 있는 눈치 없는 여자가 아닌데?"

"우와, 무자각이 이렇게 위험하군요……. 자요, 이쪽이에요."

카드키, 지문 인증, 목소리 인증 등등 엄중한 보안을 거친 후 우리들을 맞이한 건.

"그래, 왔구나. 신이치, 사키호."

나의 아버지——히라카와 신노스케와.

"안농! 사키호, 더 예뻐졌네!"

나의 어머니——히라카와 카에데였다.

좀 더 정확히 표기하자면 홀로그램으로 투영된 히라카와 카에데 AI 클론이지만.

"저, 아버님, 어머님! 다시 소개해 드립니다. 저는 시나가와 사키호라고 합니다! 음, 그, 저기……."

계속 생각하고 있던 대사가 모두 날아간 것일까.

"아드님을, 저에게 주세요!"

사키호는 그렇게만 말하며 깊이 몸을 숙였다.

"물론이지!"
즉답으로 히라카와 카에데의 목소리가 대답했다.
그러고 나서 충격적인 한마디를 아무렇지도 않게 전한다.

"그건 그렇고, 역시 사키호를 선택했구나."

"……어?" "네?" "……허?"
나, 마논, 사키호에게서 순서대로 얼빠진 목소리가 새어 나왔다. 마논의 목소리가 상당한 노기를 머금고 있었던 것은 기분 탓이 아닐 것이다.
"신이치가 나――즉 어머니를 잃고 인맥 미니멀리스트가 될 거라는 건 예상했어. 그때 분명 제일 먼저 잘라내려고 했던 사람은 사키호였을 거고."
"왜 저인가요……?"
"신이치는 사키호를 무척 좋아했으니까."
"……!"
각자 다른 의미로 눈을 부릅뜬 우리를 아랑곳하지 않고, 홀로그램 히라카와 카에데는 생글생글 미소 지었다.
"하지만 사키호가 어른이 되면 초절정 미녀가 돼서 인기가 많아질 게 뻔했으니까, 신이치가 결혼할 수 있는 가장 빠른 타이밍에 낚아챌 수밖에 없잖니?"
"말투 좀……."

"신노스케 군이 어떤 식으로 변할지도 대체로 예상했고, 신이치가 그걸 못마땅하게 여길 거라는 것도 알고 있었어. 그러니까 그 감정을 이용해서 연애 유학에 참여시킨 거야. 그렇지 않고서는 신이치는 누군가를 선택하지 않았을 거고, 이미 깨달았을 땐 사키호를 잃어버린 상태였을 테니까. 와아, 여기까지 전부 시나리오랑 너무 똑같아서 엄마도 정말 깜짝 놀랐어!"

"……신노스케 아버지."

"왜 그러지, 마논?"

"이 AI, 부숴도 돼요?"

"일단 너도 포함해서 우리 기술과 인생의 결정체인데."

그렇게 말한 아버지도 마논의 마음을 모르지는 않는 듯 거절하지는 않았다.

"하아…… 저기요, 카에데 어머니. 질문해도 될까요?"

"왜 그러니? 마논."

한숨 섞인 마논의 말에 태연하게 대답하는 히라카와 카에데.

"그럼 다른 신부 후보는 들러리였다는 건가요?"

"들러리 같은 건 아니었단다. 다른 아이를 선택할 가능성도 충분히 있었다고 생각해. 하지만 글쎄, 확실히 다섯 명의 여자애가 차이는 구조로 만들었으니까, 필연적으로 선택받지 못한 아이는 들러리가 되는 셈이겠네."

하지만 거기서 히라카와 카에데는 장난스러운 미소를 지어 보였다.

"……그래도 참가하길 잘했다고 생각하지?"

"그건……."

그때, 문이 열리고 그녀가 방으로 들어왔다.

"안타깝게도, 다른 애들은 그렇게 생각하는 것 같아."

"오사키……!"

길었던 검은 머리는 어깨선까지 다듬어져 있었는데, 그건 그거대로 잘 어울렸다.

"잠깐, 오사키 스미레? 지금 우리들 부모님께 인사하는 자리거든? 외부인이 오는 건 이상하지 않을까?"

"외부인으로 따지자면 네 쪽이야, 시나가와 씨. 여기는 내가 소속된 연구 시설이니까. 게다가……."

오사키가 딱 손가락을 튕기자,

"너희들에게 꼭 한마디 하고 싶다는 사람들에게 자료를 받아왔어."

벽 스크린에 그녀가 투영되었다.

『안녕! 신이치, 사키호, 잘 지내지? 그동안 한 번도 못 만났고 리이도 3년 후까지 스케줄이 꽉 차있으니까, 앞으로도 못 만날 거고 결혼식도 갈 수 없지만 힘내! 그럼 앞으로 잘 부탁해, 바이바이!』

이쪽을 향해 손을 흔들며 바쁘게 달려가는 것은 메구로

리아.

그는 솔로 아이돌로 재데뷔에 성공하였고 반전 흑막 캐릭터를 해금하며 그룹에 있을 때를 능가하는 상승세를 보여주고 있었다.

카메라가 이동했다.

『아하하, 메구로는 엄청 바빠 보이네. 오랜만이야, 히라카와. 저번에 개봉한 영화 봤어? '연애 소녀'라는 제목인데. 여우주연상을 받았어. 누굴 생각하고 연기해서 그렇게 잘 나온 걸까?』

칸다 레오나는 연기 실력을 갈고닦아 '아역 배우에서 올라간 천재 여배우' 브랜드를 '로맨스 드라마 여왕'으로 갈아 치우며 명실상부 배우계 정상에 군림하고 있다.

그리고 그 카메라가 촬영자 쪽을 향했다.

『안녕, 신! 내가 올린 동영상 봤어?! 반응이 엄청나게 폭발했어! 특히 내 고백씬에서 말이지!』

촬영자인 시부야 유우는 연애 유학 동영상을 올려 큰 인기를 끌었다. 그녀의 삶의 방식이 각광받으며 구독자 수가 곧 일본 제일에 도달할 것이라고 했다.

"나를 포함해서 다들 꿈을 이뤄가고 있어. 역시 일본에서 가장 돈을 많이 쓴 유학 프로그램답다고 해야 하나."

"……하아, 그렇군요."

마논은 마논 대로 짐작 가는 것이 있는지 어이없다는 듯

이 한숨을 내쉬면서도,

"……음, 마논도 오빠와 함께 꿈을 향해갈 수 있게 된 건 좋은 일이긴 하지만요."

결국 미소를 지어주었다.

나는 다시 부모님께 물었다.

"그럼…… 저와 사키호의 결혼은 인정해 주신다는 걸로 받아들이면 되겠죠?"

"아, 하지만 그 전에 두 사람이 좀 해 줘야 할 일이 있어. 쿠미, 그 자료를 투영해 줄래?"

"네, 카에데 님."

히라카와 카에데의 지시를 받는 것이 진심으로 기쁜 것인지, 주조 씨가 미소를 지은 뒤 손가락을 딱 부딪혔다.

그러자 그곳에 투영된 것은 바로.

『부부 유학 프로그램』

"와아……." "말도 안 돼……."

"이걸 위해 유산의 절반을 더 쏟아부었단다! 진실한 부부애를 찾아내 줘! 힘내렴, 신이치, 사키호!"

나는 다시금 생각했다.

"엄청 위험한 사람이잖아, 우리 엄마……."

아무래도 우리의 싸움은 이제 막 시작된 것 같았다.

## 후기

고등학생 때 한 수업 기말시험에서 '사랑이 무엇인지에 대한 자기 생각을 서술하라'라는 주제로 논술 같은 것을 쓴 적이 있습니다.

얼마 전에 그 수업의 해답집이 출판되어 서점에 내게 되었다면서 고등학교에서 '당신의 대답을 게재하게 해 주세요'라는 연락이 이시다(고2 Ver.)가 쓴 문구와 함께 도착했습니다. 기쁜 일입니다.

제 해답을 다시 읽어보니, 거기에는 '사랑이란 그 사람을 둘도 없는 유일한 존재로 인정하는 것'이라고 적혀 있었습니다.

참고로 그것을 확인하는 방법도 함께 적혀 있었습니다.

즉 '그 사람을 복제할 수 있다면 그 복제에 대해서도 같은 감정을 가질 수 있을 것인가?'라는 그것을 자신에게 물어보면 된다고 합니다.

다시 말해 복제는 그 사람의 모든 조건이 맞아떨어질 뿐인 다른 사람이지 그 사람 본인은 아니므로 그 복제에 같은 감정을 품는다면 당신이 사랑한다고 느끼는 것은 자신이 아니라 그 조건입니다. 즉 '둘도 없는 유일한 존재'로 인정하지 않는 것이죠, 뭐 그런 논리였습니다.

그러면 고2인 이시다의 말대로 클론을 사랑할 수 있는

것이 진정한 사랑이 아니라면 잃어버린 소중한 사람을 클론이라도 좋으니 다시 만나고 싶은 감정은 과연 진정한 사랑이 아닐까요? 알 게 뭐야! 아까부터 계속 무슨 말을 지껄이는 거야!

오랜만입니다, 이시다 토모하입니다. 2권까지 읽어주셔서 감사합니다!

사소한 이야기로 후기를 시작해 보았는데, 이 작품은 마지막까지 유쾌한 러브 코미디(제 생각)입니다! 즐거우셨나요?

저자로서는 2권은 1권 이상으로 모두가 활기차게 움직여 준 덕분에 적어나가는 시간이 무척 즐거웠습니다.

1권 초고 집필 중에는 아직 없었던 히즈키 씨의 훌륭한 캐릭터 디자인과 미야시타 사키 씨가 목소리를 더해주신 PV 덕분에 제 안에서의 캐릭터상이 더욱 선명해질 수 있었습니다.(PV도 무척 귀여우니 꼭 봐주세요!)

그건 그렇고. 결론적으로 신이치가 '내 아내'로 선택한 것은 그녀가 되었습니다만, 여러분의 '아내' 혹은 '최애'는 찾으셨나요? 누구였나요? 1권과 2권이 지나면서 바뀌기도 했나요?(질문이 많다)

1권과 2권이 똑같은 사람이라면 한결같은 애정을 가져주신 것이 기쁘고, 달라지셨다면 2권에서 또 새로운 매력을 발견하셨다는 뜻이니 기쁩니다.

아, 아니면 늘어났다고 해도 기쁘겠네요. 실제 배우자는 한 명이지만 '내 아내'가 되면 몇 명이든 상관없으니까요.

아래부터는 감사 인사입니다.

담당 편집자 S님. 기획 개발 단계부터 여기까지 함께 만들어 주셔서 정말 감사합니다. 제가 마음에 드는 캐릭터를 이렇게 많이 만들어 낼 수 있었던 건 틀림없이 S님 덕분입니다!

히즈키 히구레 님. 근사한 일러스트와 캐릭터 디자인을 그려주셔서 정말 감사합니다! 컬러도 흑백도 너무 매력적이라 도착할 때마다 두근거림이 멈추지 않았습니다. 함께해서 영광이었습니다!

그리고 디자인을 해 주신 AFTERGLOW 님, 교정자님, 인쇄 회사 담당자님, 담당 영업님. 이외에도 제작에 관여해 주신 모든 분 덕분에 이 이야기를 결말까지 전해 드릴 수 있었습니다. 감사합니다.

그리고 2권까지 읽어주신 당신. 이 작품을 발견하고 선택해 주셔서 진심으로 감사드립니다. 그녀들 중 누군가 한 명이라도 당신의 기억에 남기를 바라며.

그러면 다음 작품에서 뵙겠습니다!

이시다 토모하

**어떻게든 나를 독차지하고 싶어 하는 6명의 메인 히로인 2**

2024년 7월 15일 1판 1쇄 발행

**저 자** 이시다 토모하
**일러스트** 히즈키 히구레
**옮긴이** 이소정
**발행인** 유재옥
**이 사** 조병권
**출판본부장** 박광운
**편집 1팀** 최서영
**편집 2팀** 정영길 박치우 정지원 조찬희
**편집 3팀** 오준영 권진영 이소의
**디자인랩팀** 김보라 박민솔
**디지털사업팀** 박상섭 김지연 윤희진
**라이츠사업팀** 김정미 맹미영 이윤서
**영업마케팅팀** 최원석 박수진 이다은
**물 류 팀** 허석용 백철기
**경영지원팀** 최정연
**인쇄제작처** ㈜코리아피엔피
**발 행 처** ㈜소미미디어
**등 록** 제2015-000008호
**주 소** 서울시 마포구 토정로222, 502호 (신수동, 한국출판콘텐츠센터)
**판매 및 마케팅** (070) 8822-2301

**ISBN** 979-11-384-8376-6
**ISBN** 979-11-384-8269-1 (세트)